DZIVA REROPA

Written by (#tag)

AF579452

Dziva Reropa

Tanaqua and Tanaka Mupamhanga

Published by Tanaqua, 2024.

This is a work of fiction. Similarities to real people, places, or events are entirely coincidental.

DZIVA REROPA

First edition. February 24, 2024.

Copyright © 2024 Tanaqua and Tanaka Mupamhanga.

ISBN: 979-8224167104

Written by Tanaqua and Tanaka Mupamhanga.

Also by Tanaqua

Dziva Reropa

Also by Tanaka Mupamhanga

Dziva Reropa

Tanaka Mupamhanga

All rights reserved (c) 2018 #tag

No part of this publicatation may be reproduced copied or shared without prior written permission from the Authour.

Sharing/lending of this publication will result in imprisonment.

Copying of this publication or duplicating of this publication beit electronically/ any means will result in imprisonment if caught by the authour/ publisher.

+263 777 900 019

+263 774 499 997

like Tanaka Stories on Facebook

email: tanakahashtag@gmail.com

Zviri mukati

Chitsauko peji

Rutendo 5
Mifungo 6
Marwo 35
Chaive Chishuwo Changu 52
ZVIMWE ZVINYORWA 88

Rutendo

Ndinotanga nekutenda Musiki nechipo chekunyora uye zvikuru nemukana wekurarama kusvika pandiri nhasi. Dzokei kune vemunhuri avo vaindi shingisa nekundi kurudzira pamwe chete nemadzisahwira ayo akandipa shingiso. Kune avo vakanditsigira nekundisimudzira ndinoti Mwari aropafadze. Mufundisi Timothy Mupamhanga ndinoti denga ngariwedzera nyasha. Vatsigiri vangu avo vandinoda vepa dandemutande rekuzivana pazviso (*facebook*) ndinoti Mwari akuropafadzeyi, rambai muineni.

Ndozotenda imi vakurudziri nevatsigiri vangu avo vakwanisa kuburitsa mari yavo vachitenga chonyorwa changu. Ndinoti Mwari akuwedzereyi pamatapudza.

MIFUNGO

1

"*If there is anyone who has anything to say please stand up and say or forever hold your peace*" Vakadaro mufundisi ndakamira mberi kwechita chevanhu. Pamberi pangu painge pamire ino tsvarakadenga mbune yemwana. Ane chiso chakatenderera kunge mwedzi, meso ake akatenderera kunge nyimo yekusikira.

Akakangavira zviri pakati nepakati. Muviri wake wainge uri pakati-nepakati, ndeuya wekuti ukamuwona amire apo haunyari kunongedza. Mutsipa wake wakange wakati swatu, chipfuva chake chakazara neano matende anenge man'ono. Ekuti wakatarisa wainwira mvura. Rokwe raakange akapfeka apa rakange rakachena semukaka.

Ini wacho ndainge ndakanyura mune ino svutu nhema-nhema yakati tsvaa-a-a-a kunge dzimati rasha remukarati. Ndainzwa kudedera nemufaro, kasi nerimwe divi hana ichirova zvisina mukare akambowona. Ndainge ndiine pfungwa uye ndaiziva kuti chero nguva ndaigona kungochinjirwa nemamiriro ezvinhu. Panguva yakataurwa namufundisi mazwi aya pakaita runyararo, wainzwa kufamba kwemapete akange achinanavira kunanzva keke rangu rainge rimire kuti dzii pamusoro petafura. Hapana kana akakosora kufema chaiko ndiko kwainzwika panguva iyi. Mhanzi yakange ichimborira vanhu vachifara yakambodzimwa panguva iyi.

Hama dzangu dzakange dzakagara kudivi rekwazidyi dzakange dzongosimudza-simudza misoro dzichidongorera kuda kuwona zvakange zvichiitika. Vekudivi remudiwa wangu Grace vakange vachiita zvimwe chete zvo. Veruzhinji ndivo vaingo rudyaira vari pakati.

Pakapera maminitsi anenge maviri ndikanzwa kuti ko-ko-ko nechekudivi raive nepovho. Ndakatsinzinya maziso angu ndokuzo vhura ndakakokera mweya mukati. Ndakawona mudiwa wangu akanditi ndee-ee mumaziso chaimo. Akange akatarisa mboni yangu nerino ziso rainge riri jena jena rakati mbee-e.

Pamwe chete taka cheukirana ndoku tarisa kwakange kwabva neruzha. Kwakange kuine mukadzi wechidiki akange achifamba kubva kwainge kugere vanhu achiuya kwatainge tiri. Hana yangu yakatanga kurova ndakatarisa munhu uya. Vanhu vese vainge vakazara apa vaka cheuka vose ndokuti meso ndee-ee kwaari. Mufundisi aka tsveta Bhaibheri raive muruwoko pasi, ndokubvisa maboni-boni akange ari kumeso.

Pakazosimuka umwe mukadzi akatanga kumhanya achivinga musikana uye. Akasvikomuti dzvii-i ruwoko ndikawona omutarisa kumeso. Musikana uya akabva atanga kuseka zviye zvinoita mhengera mumba. Masiriri akatanga kuchururuka achibuda nepama vende ayo ayiwonekwa kutsvuka kweru rimi chete. Meno hameno akange agudyunura! Mukadzi uye achingomubata akamu kakaradza odzokera naye kunogara pasi. Ruzhinji rwevanhu vaive apa rwakatanga kudzungudza musoro vamwe vachiita zeve-zeve.

"I now pronounce you husband and wife. You may kiss the Bride" ndakanzwa manyuku-nyuku ndichifudugura mucheka muchena wemambure wakange wakavhara huso hwemudiwa wangu. Nyemwerero yaakandipa yaka ndizadza nemufaro. Ndakanzwa parere moyo ndakatarisa ruva remoyo wangu, chiponda moyo changu chichi tsinzinira meso choswededza huso kwandiri totsvodana.

Mheterwa nemipururu zvakatsva isu takanamirana nyama dzemiromo sechikwekwe chino minya ropa panzombe. Pave pasipo ndipo patakazoregedzana todzvokorana uku nyadzi dzakati putira.

Mapepa ekwaMudzviti taka matsimbirira nerunyoro rwedu. Ndoku tambidza mufundisi kuti vachipedzisa. Aa-aa-ah kana zvadai chero nekudenga zvasungwa. Taka chigara pasi vanhu vochititema nezvipo. Ndiyani ko asina kuburitsa chaakange ayinacho zuva iri? Chero vaye vane samba dzakabooka zvezuva iri vaitodambura shinda kuti vawane chekuti tambidza.

Tobva apa takazopinda panguva yekufara zvino. Vanemari vaitenga nguva yekutaura zvavanoda. Vaikwanisa kubvisa vachibvisa. Vaperekedzi vakapinda mudariro, majaya nemhandara idzi dzainge dzakapfeka zvainzwisa mvura. Hapana akange asina kunyura muchitorobho kuvakomana. Vari vasikana umwe neumwe ayive nerokwe raibwinya zvainwisa mvura.

Kamutambiro kavainge vachiita apa kakange kachinwisa mvura. Waingonzwa mipururu vanhu vachikanda mari mudariro, kuzodaro vaibva vaita manyemwe votamba sevasina mapfupa.

Nhare-mbozha yangu yakabva yarira panguva iyi, semunhu waC.E.O pakambani ndaigara nguva dzese ndichibatika. Nhare-mbozha ndiro raitove basa kwandiri.

"Babie I will be back I have a phone call" ndakazevezera mudzimai wangu Grace, uyo akange ave mudzimai wangu ndokusimuka. Ndakananga kuchimbuzi ndokuno tarisa akange achinditsvaga pamhepo. Munhu akange achindida uyu handaimuziva. Panguva iyi yainge yarira kusvika yadimbuka ndisina kudaira sezvo ndaive chinhambo nechimbuzi. Ndaive nekamari munhare-mbozha yangu, ndokudzvanya nhamba dziye ndofona.

Izwi rakandidaira apa raive rechikadzi, *"Inga zvako Tiri wati ndichaita sei zvawaroora? Ndine nhumbi yako ka ini manje waroora, hosi ichaita ani?"* Akange ari Nyarai akange achitaura neni panguva iyi. Ndakanzwa kutya kuti akange ave nepamuviri, ko zvatainge tisina kumbo sangana tisina kuvhikira wani? Chokwadi mudzimu wangu wainge wadambura mbereko. Chekureva kumudzimai wangu Grace ndakange ndichishaiwa. Ndaizoti kudii zvazvadai?

"Ok lets do this where are you I will meet you there?" Ndaka bvunza mubvunzo uyu ndoda kuziva paainge ari. Chaitovapo kuyenda kwaari ndowona zano ndasvikapo.

"Ndiri pamashops huya tinzwe nyaya yako" akadaro Nyarai. Ndaka dzosera nhare-mbozha yangu nuhombodo ndokufamba ndodzokera kwainge kugere akange ave mudzimai wangu. kusvika kwandakaita paari ndakawona onditarisa, huso hwake hwairatidza kuva nemibvunzo yakati wandei. Ndakasunga chiso ndovhara-vhara kuti asawone kuti pane zvandainge ndoda kuita.

2

Ndakasviko zviwisira pachigaro ndoku tsikitsira pasi, ndiye zii zvangu ndakadaro. Grace akanditarisa ndoku ndibata bendekete.

"Darling what's wrong?" Ndakange ndoda kubva pamuchato kasi nevanhu vakange vakati unganira hazvayi ita. Mupfungwa ndakange ndofunga Nyarai, mwana iyeye ayindida zvekuti ayiti akasandiwona ayipenga chaiko. Kundifonera kwaakange ayita zvairatidza kuti akange ari pedyo nepataive uye zvitoro zvaakange ataura zvaive pedyo nepataive tiri. Chaityisa ndechekuti ayigona kuita zvivindi akasvika pamuchato apa. Chokwadi hazvidi kuti nezuva remuchato wowanikwa waakukonzerera nyonga-nyonga.

Madzisahwira angu akange agere kudivi rehama dzangu. Madzikoma angu nevamwe vakange vauyawo nevanoremekedzwa.

Grace akange akokawo vamwe vaakange achishanda navo.

"I have a stormach upset but I guess I will be fine maybe its because I am very happy it can be a fever" ndakataura zvangu ndichinyepera kusunga kumeso. Mudiwa wangu akaratidza kurwadziwa. Akanditarisa neziso rizere tsitsi ndokusimudza ruwoko osheedza mumwe wevanhu vakange vachipakurira vanhu chikafu. Uyo akasvika ndokuzeve zerwa munzeve, akafuratira ndokudzoka pasina maminitsi akabata komichi yainge iine mvura. Ndokutambidza mudiwa wangu kapepa kachena ako kaakavhura ndokuburitsa mapiritsi maviri.

Ndakawona onenedzerwa kwandiri ndoku tambira zvangu ndokabira ose. Mvura yaive umu ndakainwa kusvika pakati pekomichi ndoku gadzika zvangu patafura.

Zvipo zvakaramba zvichiuya, sevanhu vakange vaine zvizhinji zvekuita musi uyu takasimuka toperekedzwa nevaperekedzi pamwe nehama neshamwari tono torwa mifananidzo. veruzhinji vakasara vachipa zvipo zvavo isu tabuda.

Semunhu akange achichatira mudhorobha reHarare taida kuyenda kuHarare Gardens kunotorwa mifananidzo nekudzoka tichitenderera neguta tichifara zvedu.

Ndaka buritsa nhare-mbozha yangu ndokunyora tsamba-mbozha yoenda kuna Nyaradzo uyo wandakaudza kuti andimirire paChicken Inn Joina city. Kuti ndaizosvika sei paari ndaizozviwona tave munzira. Akapindura ipapo ipapo zvekuti ndakambo funga kuti ayiziva zvandainge ndichida kutaura. Grace akange ari padivi pangu haana kukwanisa kuwona zvakatora nzvimbo sezvo akange achisekerera nekutorwa mifananidzo nevakange vari panze vakamira padivi pemafafitera.

Takabva pamba tonanga mudhorobha, ndakaudza mutyairi kuti ataurire vamwe vake kuti taida kunanga nepaChicken Inn. Grace akanditarisa kumeso oshamisika nemuchinjiro wandakange ndoita mafambiro.

"Sorry babes I discovered kuti these guy's havana kunyatsodzya preparing for our big day. I might as well spoil them a bit and and we also need to eat a little before the shoot begins tiite tiine power" mudiwa wangu ndakawona onyemwerera ndikaziva kuti akange adyira. Zano rakange rasara ndere kuwona kuti ndoonana sei naNayari!

Takasvika motokari ndokumira dziri paChicken Inn paye dzakatarisa kuCharge office taka furatira Joina city. Mudiwa wangu akasara mumotokari pandakaburuka. Motokari yaNyari ndiyo yandakatanga kuwona semunhu ayive nemunhu wake. Mumwe wevaperekedzi vaive apa akange ari mwana wamaini vangu. Ayive muduku kwandiri, ndakamgomuti bamunini iyi ndichimutambidza kadhi rekubhanga.

Nhamba dzaida kubaiwa ndaka muudza ndokufuratira ndonanga kuchimbuzi. Ndave mukati ndaka buritsa nhare yangu ndoda kuti ndibate Nyari. Ndakanzwa gonhi kunzi gwee ndokucheuka ndotarisa akange achipinda.

Munhu wandaida ndiye akabva apinda ipapo-ipapo, *"Tiri my Darling so you decided to marry Grace"* akabvunza achiswedera pandiri.

"Sorry shaaz it happened I love Grace and you know it. I couldn't have abandoned her after all we've been through" pandaitaura Nyari ayinge achiswedera pedyo neni. Akandibata ndokusuduruka odzoka kuzotsigira gonhi nemusana. Handina kuramba kuteera. Ndakatevera ndokuwona shasha yodadamira ichiswededza muromo wayo pane wangu.

Ndakavhara meso ndoda kutsvoda, kuvhara kwandakaita meso ndakawona Grace achindi tsvoda mamitsi mashoma akange apfuura. Ndaka vhura meso ipapo-ipapo ndokusundidzira Nyari ndichidzokera shure.

"We can't, I'm a married man now pliz stop. I need you to understand one thing. If you have my baby I will look after him but I can't have two wives" ndakataura ndakamira uku mawoko ari muchiuno.

Gonhi rekupinda muchimbuzi chevakadzi rakaita ruzha rovhurwa. Meso edu tese aka mhanyira kwainge kuine ruzha kuya. Stella anova sahwira waGrace wemakore ndiye akange achibuda umu. Akange achigadzira rokwe rake sezvo ayive umwe wevaperekedzi ava. Takadzvokorana mumaziso. Nyari paakawona tatarisana akavhura gonhi ndokubuda ofambisa. Stella akatanga kufamba achiuya kwandainge ndimire.

3

"*Tiri, Tiri, Tiri. How can you? Why ? Today its your wedding day shaaz I can imagine what Grace has to say about this"* akataura Stella achisekera svoto achimira mberi kwangu.

Akandibata bendekete ndokunditsvoda padama, munhuhwi waibva paari wainge achinhuwirira zvekuti ndakanzwa ropa rangu kumhanyamhanya. Stella mukobvu zvishoma pamudzimai wangu, uye ari mutsvuku kumudarika zvishoma. Pamakore vangangoda kuyenzana kungoti chete ndakange ndisina kumbo mubvunza.

Akanditarisa mumaziso chaimo ndokuseka zvake achibuda. Akavhara gonhi ndoku dhanaira achibuda muya onanga kumotokari kwainge kuna Grace. Ndakapinda zvangu muimba yekuzvibatsira ndokurasa mvura.

Ndapedza ndakashamba mawoko angu ndokutanga kufamba ndobuda paye. Kadhi rangu rekubhanga ndakapihwa, ndokunhonga zvangu mvura pazvinhu zvavainge vatenga. Ndokutanga kunwa zvangu ndichibuda panze. Ndichisvika panze ndakawona Nyari okotoroka kubva pamotokari yangu, akange achibva kudivi rainge rigere Grace. Kune rimwe kwainge kuna Stella.

Kubva kwakaita Nyari pamota iyi ndakawona Grace osimudza musoro achitarisa kwandainge ndiri. Stella akabva acheuka ndokutarisa kwandainge ndiri. Meso aGrace ayiratidza kuva nemibvunzo mizhinji. Ndakamira ndakavatarisa, Nyari akacheukawo ndokufuratira oyenda kumotokari kwake.

Akange achinyemwerera zvekuti ndakangoti *"nhasi chaputika"* nechemumoyo. Tsoka dzakaita sedzanamira ndimire paye.

Kudai pasina umwe wevaperekedzi akasvikondibata ruwoko oda kutorwa mufananidzo nenhare-mbozha yake, ndingadeyi ndakaruma pasi nemuromo. Ndiye akatondibatsira nekuti paye pandainge ndonyemwerera kuti nditorwe mufananidzo ndainge ndichikoka zvivindi zvekusvika kumudiwa wangu.

Tapedza takafamba achindidhonza muchinda uye sezvo dzimwe motokari dzainge dzichiridza mabhero dzotenderera. Tisu tainge tovamisa zvino.

Ndakasviko zviwisa pachigaro ndave mukati ndokuvhara kumeso kwangu nemawoko angu. Dikita rainge ronzwikwa kuti kape mumhino dzangu richibva muhapwa. Mvura yandainge ndakabata iye ndakange ndotya kana kuinwa. Ndaishaiwa kuti ndobvunza sei kuti nyaradzo hapana zvaainge ataura here, pamwe chete naStella? Takabva paJoina ndokunanga kuHarare Gardens uko kwataida kunotorerwa mifananidzo zvedu. Takati tave paMonomotapa paye tichango yambuka Samora Machel ndikanzwa *"And Tiri hauite, neWeddding day here ko kuzoti pamberi apo after a Year or two?"*

Hana yangu yakati bamu nzeve ndoku dziirira, ndakange ndongonzwa maungira chete *"Tiri haudaro, Tiri haudaro"* Kubva zvandainge ndabva muChiken Inn ndakasimudza huso kekutanga ndotarisa mudiwa wangu. Chakandishamisa ndechekuti akange achitoseka zvake, achiratidzika saka raive pamazino ekumusoro.

Apo ini dikiti rainge ratonditotesa muviri wese. Semunhu wemurume ndakashinga kubvunza *"Ndakaipa ndadi?"* Kwaingovewo kubvunza kasi mhinduro ndainge ndichiiziva. Akatanga kuseka zvake achirovanisa mawoko ndokukwenya mhuno akanditarisa.

"Chokwadi unoyenda kutoilet wodzoka nemvura yako kasi ndange ndiinewe kubvira kuseni. Wamboonawo here pandanwa mvura? Zvino ukakanganwa mukadzi nhasi ko kuzoti?" akatowedzera zvake kuseka. Ndakanzwa kupera simba nemhinduro yakambotiza mupfungwa dzangu. Pave paye ndipo pandakazoti.

"Shaaaz kubva nhasi you and I we are now one, so why should I buy two to feed one?" kungodaro akabva awedzera kuseka mwana wevanhu. Hapana zvandaikwanisa kuita apa, chakango pinda mupfungwa dzangu ndechekuti akange asati aziva zvainge zvichiitika. Chinova chinhu chakandifadza.

Chokwadi mwana wevanhu akange ari mukufara kuti tachata zvaziikanzwa nenyika yose. Ko vebepanhau vainge varipo ka pamuchato waTiri!

Shasha yakabvuta mvura yandainge ndakabata ndokuvhura oda kunwa. Ndakasimuka ndotevera ndichida kuibvutawo ndikawona oyipfekera muhembe. Chekunyara pakange pasisina ndakatevera neruwoko, ndikanzwa munhu ogegedzera. Takatamba zvedu chikudo mota ichi nanira yopinda paGedhi riye rakafuratira Nassa. Yakazo pinda motokari Grace otosvimha misodzi nekuseka zvake.

Takaburuka ndokunanga pane masvingo ari nechepakati pegadheni, takanozembera zvedu ndokutanga kutorwa tiri ipapo. Kwakatanga isu ndokutorwa tave pamwechete nevaperekedzi. Tichibva apa kwakazouya madzisahwira nedzimwe hama. Zvaifadza kani, hapana akange asinga sekereri kuti apinde pamifananidzo. Tave kutorwa rekupedzisira ndakanzwa ndanzi dzvii nechemuchiuno. Handina kuita basa nazvo ndakangoti pane muperekedzi ashaiwa mamiriro ndokubatira pandiri. Ko pazuva rakadai ikawandisa mifananidzo unoshaiwa mamiriro ka. Takatorwa matatu takamira kudaro ndipo pandakazoti cheu ndokuwona ari Nyari achitosekera kunge muromo uchadambuda. Meso angu akamhanyira kutsvaga Stella, chandaida kuwona kana ayinge achiwona zvainge zvichiitika. Ndakawona asina kutarisa ndikati Mwari kudzwai.

Ndakabvisa mawoko aye ndomakandidzira pasi zvine ukasha. *"Iiih usadero bbe let her be"* akadaro Grace achiratidza kunzwa tsitsi nemubvisiro wandainge ndaita mawoko aNyari.

Ndaka vhunduka sezvo ndainge ndisina kutarisira kuti ayinge achiwona zvainge zvichiitika.

4

Kungonzwa izvi Nyari akaita seachadambura bhachi randainge ndakapfeka achiita kurembera kabisira. Ndaingo zvishingisa zvangu ndichivhara-vhara. Wekuchemera ndakange ndisina chero kudai akadambura. Grace handizivi zvakange zviri mupfungwa dzake. Chokwadi kuregedza Nyari? Kumupa mukana wekuti ayite madiro kudai here? Kudai akange awudzwa haaimboda kana kumuwona pedyo neni. Chero hwema hwake handifungi kuti ayizoda kuunzwa.

Pakazopera nguva yekutorwa mifananidzo ndainge ndanzwa nekubatwa-batwa. Takazobva apa tonanga zvedu kunaLake Chivero uku kwatakano pinda muchikepe ndokutanga kurohwa nemhepo. Rakadoka zvino zuva, sevanhu vakange vaswera vari mukufara takadzoka pamba.

Pakange pave nemafaro zvino ekupemberera muchato. Mhanzi yakange ichi dandaurwa apa ndeiya inosimudza harahwa nechembere. Hapana akasara akagara. Takange tasarudza kuti patinopinda mudariro tiroverwe dzechinyakare, anaChitekete nevamwe. Takapinda zvedu mudariro ndokusimudza museve uyo wakaita kuti nhandare izare. Pakazoti papera inenge awa imwe chete takambo paradzanana naGrace oyenda kwaive nanatete nedzimwe hama dzangu ini ndonogara nemadzikoma. Pasati papera maminitsi anenge matatu ndagara pasi ndakanzwa kutekenyedzwa nenhare-bozha yangu yapinda tsamba-mbozha. Ruwoko ndirwo rwakamhanyira kuiburitsa.

Pandakadzvanya nhare mbozha kuti ndiverenge tsamba yainge yapinda ndakawona ichibva kumunhu akange asina kunyorwa zita. Ndakaidzvanya ndoivhura, *"Babe you never mentioned you had a Girl friend. Im at your Wedding Party like now. And by the way you danced well"* Ndakavhara nhare mbozha yangu neruwoko ndocheuka kuwona kuti hapana akange akanditarisa here, ndokuwona tsano Farai vainge vakayeva tsamba iyi. Kutarisa kwandakavaita takasanganidzana maziso. Hana yangu yakati bamu, shasha yakadzungudza ndokutarisa divi. Ndakanzwa ndichidzika makore chaiwo nemabasa angu ekuda vakadzi iwaya. Ndaizovati kudii kana vakabvunza, kana kuudza mwana wamai vavo?

Apa ndakaita chivindi ndoku nyora tsamba ndopindura. *"Shaaz I'm married now. Stop asking or texting me, get over it and move on"* ndakadzvanya bhatani rekutumira ndichiridza tsamwa.

Panguva yandakatumira tsamba-mbozha iyi ndakanzwa kuseka ndokucheuka ndowona tsano Farai vachiseka zvavo. Ndakaziva kuti vakange vawona zvainge zvaitika. Muchinda akange achitaura zvaakange achitaura mberi kwevanhu akapedza vanhu ndokutanga kurova mawoko ogara pasi.

Mudumbu mangu mainge mofamba mhepo zvino sezvo masikati ndainge ndisina kudya nekuda kwaNyari. Ndaka simuka paye ndoku pinda nepakati pevanhu ndonanga kuimba yekubikira uko kwaive nemamwe madzimai vaipa vanhu chikafu. Ndave kusvika ndakawona zviri nani kuti ndisaite bongozozo kana kukanganisa basa revanhu ndoreva chikafu.

Ndakatendeuka ndokupinda zvangu mudhanduru mangu. Dhanduru rangu nderiya renechimbizi nekamuri rekugezera mukati munechiwoni woni. Pakange pasina kukiyiwa zvekuti ndakangosunda musiwo ndokupinda mukati. Bhachi rangu ndakaribvisa ndokukanda zvangu pamubhhedha. Hembe yandainge ndakapfeka ndakaibvisa ndokukanda kwakadero uko.

Mupfungwa ndainge ndofunga kuti ko iyo nguva yekusasana taizonoikwanisa zvakanaka here nekuda kwechigaro changu pabasa? Ndakajambira pamubhedha ndokuita manhede zvangu ipapo.

"Chokwadi ndikayenda nemudiwa wangu kunze kwenyika kana pano pedyo pasingadi mari yakawanda zvemavhiki maviri kana rimwe chete ndinenge ndasungurwa. Pandinodzoka zvinenge zvave nani mhepo dzambodzikama" Ndaizviudza zvangu nechemumoyo ndirere kudaro.

"Asikana manje manje ndenge ndaane mwana ohh batai dumbu munzwe" rakadaro izwi rekutanga iro randakanzwa sera Nyari.

"Haaa hapana chinhu apa munotoda nyasha dzaishe kuti zviite, mufunge hazvina kunaka kuti muite mwana musati mawanika zvino bvisa chimiro. Zviri nani kuroorwa wozodzoka zvako hapana zvaungazviite nekuti dzimwe nguva iye ndiye anenge akuramba kana kukudzinga" rakadeerera izwi rechipiri richitaurira pasi-pasi.

Gonhi remandainge ndiri rakavhurwa munhu achibuda muchimbuzi pakapinda Nyari, Grace achitevera. Vakasvikomira Nyari ndokubva avhura hembe yake obatisa Grace uyo akatanga kuseka achiti hapana kutamba kwemwana kwaainge anzwa. Nyari ayinge achingoita nharo achiti anyatso teerera. Ndakazokosora kuitira kuti vanzwe kuti ndainge ndirimo.

Vakavhunduka vose ndokuridza kamhere nhando vachiita sevano mbundirana. Grace akafamba ovhara Nyari kuti awane kuvhara hembe yake sezvo akange abvisa amwe mabhatani, panguva iyi ndainge ndichimuka zvangu.

Apedza kuvhara hembe Grace akachifamba ndokuswedera kwandainge ndiri. Ndakanhonga imwe hembe mukabati ndokupfeka zvangu ndisina kucheuka. Panguva iyi ndakapfeka ine mawoko mapfupi. *"Tiri meet my new friend Nyari"* Ndaka cheuka ndizere kukatyamara kukuru ndokutarisa kwainge kwabva neizwi riye.

Nyari akange achinyemwerera zvake akanditarisa, ndoku tambanudza ruwoko ondikwazisa. Chaakange achida mumhuri yangu itsva ndakachishaiwa.

"Wedding boy what a nice ring, I would love my hubby to wear one like this" akadaro achinan'anidza ruwoko rwangu. Uku achipuruzira minwe yangu.

"You can ask him to come when ever he wants to select, I can take him to the best Jewellery shop in town" ndakapindura ndakamuti nde-ee mumaziso.

5

Ndakabvisa ruwoko rwangu muchanza chake ndokutanga kufamba ndakananga muchimbuzi. Ndakasviko geza kumeso mu*sink* yaiveno ndokumbomira ndochitarisa pachiringiro chaivemo. Imwe pfungwa yaindibvunza kuti ko nhai Tiri iwe wakambodei chaizvo pana Nyari? Mhinduro ndakaishaiwa, zvaingove zviye zvekuti izuva rimwe chete ndasurikirwa regai ndingofadza nyama semunhu asati aroora. Ko ndaizivei kuti ndichazviisa mumukanzwa mamupere zvakadai? Handaiziva kuti ndazvidhonzera chikwekwe pandiri.

Weku chemera ndipo painge pasina, ayive mazvokuda mavanga enyora aya! Hukama hwaakange ovaka nemudzimai wangu ndakange ndisina kuhwufarira. Ko ayigo dii hake Grace wevanhu pasina chaanoziva? Ndakatora anenge maminitsi manomwe ndiri muya ndokuzonzwa gonhi rorohwa rohwa. Grace akapinda achinyemwerera haikona kutaura. Chakange chichimufadza ndakange ndisingachioni ini.

Akandijambira achindi sunga musana nemakumbo ake akaita kumonera pandiri. Ndakanyatsobata kumusana wake ndokugadzirirsa makumbo angu kuti ndiwane kunyatso mira zvakanaka. Tsvodi yaakandipa apa ndakashaiwa kuti zvainge zvabvepi, chokwadi mwana wevanhu ayifara kutaura chokwadi. Pave paye aazondiregedza ndokumira otaura neni neizwi riri pasi pasi.

"I spoke with Nyari ati we can have our honey moon party patinodzoka kubasa kwake. I didn't knew she was a waiter. All expences ndiye acha cover. Ohh my God what a blessing babe?" akadero achinyemwerera.

"What? I couldn't believe my ears" ndaka ngomutarisa ndokunyarara zvangu. Ndaisada kumusuwisa nezuva remuchato. Ndaizoronga zano rekuti tisayende ku*Party* iyoyo chero zvikadini.

"Ohh its fine, that's nice of her. Just that I dont really like her that much we don't click" ndakataura zvangu ndichinyepera kusuwisa chiso.

Mudiwa wangu akaratidza kusuwa pangu iyi. Ndaka nyepera kusekerera kasi mukati kati memoyo wangu maive muchibvira nemibvunzo. Chii chakange chodiwa naNyari kwandiri chaizvo?

Takazobuda zvedu muya ndokunanaidzana topinda muimba yekuvatira yedu. Nyari akange abuda zvino takange tangove vaviri. Handins kukwanisa kubvunza kuti ayendepi sezvo ndakange ndoda nguva neumwe wangu.

Ruzha rwaive panze rwakaita kuti ndibude panze sezvo ndakanwa zita rangu rodanwa nemushamarari akange aripo. Chandai sheedzerwa ndakachishaiwa. Ndakabuda muye ndofambisa ndakananga kwaive nemhomho yevanhu. Ndichisvika painge paine mushamarari akandiudza munzeve kuti pane munhu akange achida kundiwona. Akange anogara pedyo nemukoma wangu pabhenji rainge rakazendama madziro. Ndakamhanyisa huso ndokuwona pavainge vari.

Munhu akange agere apa akange ari wechidzimai. Chinhu chandakatanga kuwona paari idumbu iro rainge rataguta padare. Mupfungwa mangu ndakazvibvunza kuti ayinge ari ani? Zvichida ndiye uya ambondikandira tsambambozha maminitsi mashoma akange adarika.

Chimiro chake kaive kekutanga kuchiwona kubvira nekubvira. Ndakatora nhanho ndonanga neko. Chekutya pakange pasina sezvo ayinge agere namukoma wangu. Meso angu akange ochitsvaga pakange pagere tsano vangu, semunhu akange andiwona paye ndaiziva kuti haigadzikana vakawona ndichitaura nemunhu wechikadzi. Pandakaishaiwa shasha ndaka fambisa ndonanga kwaive nevaviri ava.

Kusvika kwandakaita ndakanzwa mukoma vachi sheedza munhu auye vachiti 'mainini' Hana yangu yakarova, ndichinzwa izvi. Tsoka dzakaita sedzino namira pasi. Ndakanzwa kunge nyika yese yauya kuzogara pamafudzi angu. Mukoma vangu ndiyo nguya yavakasimudza musoro votarisana neni. Kuti ndirambe ndakamira zvakaramba, kuti ndifambe tsoka dzairamba zvekare, ndakange ndangoti tuzu sechana chitoko chinotsvaka amai vacho pachibhorani.

Ndakazozvishingisa ndokunanaira ndoswedera pedyo. Vaviri ava vakambomira kutaura ndichisvika. Pachokwadi chiso ichi ndakange ndichichiziva kasi kwandainge ndambochiwona ndakakushaiwa. Ndakayedza kurangarira kasi zvairamba. Takakwazisana pasina ati bufu ndokugara zvangu neche kudivi kwainge kugere mukoma wangu.

"Mazivana here ndakaznwa izwi ramukoma wangu richibvunza" ini panguva iyi ndainge ndakati ndee-e kutarisa munhu uyu. Ndakange ndichi nan'anidza kubva kutsoka kusvika kumusoro.

"Yes" ndakanzwa mukadzi uye odavira, izvo zvakarovesa hana yangu.

"Tiri this is Yollandah uchamuziva here ?" "Yollanda was my primary school class mate and next door neighbour".

Ndakasimuka ndombundirana naye. Mumoyo mangu ndakange ndonzwa mufaro zvechokwadi. Takatora nguva takambundirana, ndikanzwa kuti do-do kumusana kwangu. Shasha yainge yochema nemufaro. Pachokwadi takange taparadzana makore chaiwo!

Pave paye takazoregedzana tokurukura dzeupenyu. Ndakange ndotya kuti zvimwe ndiye wandainge ndatuka paye netsamba-mbozha. Paakazonditi ndipowo *number* dzako ndakafara nekuti ndakava nechokwadi chekuti ayinge asiri iye. Ndaka mupa *number* dzangu ndokuchiti iye andipe dzake. Ndakabata homwe ndotsvaka kuti nharw-mbozha yangu ndokuwona ndisina. Ndaka bata-bata zvekare ndikanzwa homwe dzakati gwaa-a kuwoma.

"Ndiri kudzoka just a minute" ndakadaro ndotofambisa kudzokera mumba. Ndaive nechokwadi chekuti ndakange ndasiya iri mumudhebhe wandainge ndabvisa panguva yakazopinda Grace naNyarie.

Ndakangoti ndichiti pote nemba ndokutanga kunzunzutira ndichimhanyira mumba. Ndakango svika ndichirova gonhi remuimba tekuvatira mangu. Grace akacheuka ndokunditarisa, misodzi ndiyo yandakatanga kuwona. Akaregedza nhare-mbozha yangu iyo yakasvikowira pasi, akaruma ruwoko rwake akanditarisa. Ndakapera simba ndakayeva mwana wevaridzi achichema kudaro. Akamwiza-mwiza mawoko kuratidza shungu dzainge dzakamuputira.

6

Grace akaita kuzviwisira pamubhedha ndokuita manhede. Pfungwa yakatanga kupinda mumusoro mangu ndeyekuti akange awona tsamba-mbozha iyo yainge yakanzi *"You danced well"* Ndakanzwa muviri wangu wese uchibvunda. Matsanananguriro andaizoita nyaya iyi kwaari ndiwo akange ondinetsa. Pekutangira chaipo ndainge ndisina. Ndaka zvuva tsoka ndoswedera pedyo naye. Hana yairova zvekuti chero makonzo nemapete akatiza mutsindo waibva pandiri. Zvinhu zvakange zvaminama panguva iyi, kuswedera kwandainge ndichiita ndiko kuwedzera kwayiita ruzha rwekuchema kwaGrace munzeve dzangu. Dikita rakati teu-teu nenguva isipi. Kubva pagonhi kusvika pamubhedha dzaive nhanho ina-shanu sezvo imba yacho yainge yakati kurei zvayo. Kasi nguva iyi pakaita kunge mamaira anosvika zana ndichifamba.

Ndaka zozvipa chivindi ndokusvika pakange pakarara Grace uyo akange akatsinzina misodzi ichiyerera.

Akasimudza mawoko obata kumeso zvino ovhara nezvanza zvake. Ndakasviko mira ndakamutarisa, kuti ndimubate ndainzwa kutya kukuru. Chaakange achichema handaichiziva. Mazwi ekumunyaradza nawo ndakamashaiwa. Pekutangira chaipo nguva iyi ndainge ndisina. Handizivi chivindi chakazobva nepi? Ndaka yerekana ndomubata ndichimusimudza. Kumubata ruwoko kwandakaita ndakaita sendazviparira, kudenha nhundu yemago mombe.

Akasimuka musikana kwava kutanga kundikinditsa nezvibhakera. Kudai ndaisagona kunzvengesa huso ndingadei ndakasara ndaane mavende. Zvibhakera zvaibva apa zvaive zviya zvino pfuta moto. Chero vamwe varume vandainge ndambo misidzana navo mukukura havaisvika apa. Ndakatozo shinga kubata kuti ndisakuvadzwe, nguva yese yandairohwa iyi Grace hapana chaakange ataura. Kwaingove kutaura nemuviri kunge nyoka!

Ndakawona oyita achidzora simba ndikaziva kuti simba rakange roita richipera. Mukana wekumubata wakange wavepo zvino. Ndakamu bata ndomu mbundira. Akatanga kuchichema achifemera pachipfuva changu. Ndainzwa mweya unopisa uchibva mumhino dzake nguva yainge achifema. Ndaida kubvunza kuti chii chainge chatora nzvimbo? Kasi ndaishaiwa matangiro. Ndakatanga kuzvipa mhosva yekunyarara nyaya yaNyari.!

Kasi ka ndainge ndashandisa chirungu chinoti "*forget the past and focus on the future.* Ko ndaizivei kuti "*I should make peace with the past so the future can welcome me with both hands. And my past will not ruin me.*" Ndakaramba ndakamubata kwekanguva ndikazonzwa ofemera padenga zvino.

"*Why Timmy of all the people why me?*" kutaura kwakaita mazwi aya akatowedzera shungu. Misodzi yakange yoita seino mira ndakawona yochipfachuka zvino. Nguva yekupukuta pakange pasisina.

"*Why Tiri, tell me why?*" mubvunzo uyu akaudzokorora kepiri. Ndakashaiwa kuti ndopindura ndichitangira papi? Nyaya yaakange achibvunza ndakange ndisingaizivi, ndakatya kupisira.

Kasi mupfungwa dzangu ndakange ndichifunga kuti pada Nyari akange andiitira manenji. Chokwadi ndoroora nekurambana nemukadzi tisati tatombo pedza zuva rimwe chete here. Akange ayine zvaakange otoda kuna Grace semunhu akange ovaka hushamwari naye. Ndakazviramba kuti ndiye kasi kuti ndichiziva chaichemedza umwe wangu ndakachishaiwa.

Nhare-mbozha yandainge ndafambira iye ndiyo yainge yochemedza mudiwa wangu. Mukuramba ndakamubata kudai ndakanzwa oti "*Iiih akabata dumbu*" ndakamhanyisa meso ndomutarisa. Akatanga kugomera zvandisina kunzwisisa. Akatanga kudzikira achiita seanogwadama pasi. Ndakamubata kasi kumubata kwandainge ndichimuita ndaitowona sendino wedzera marwadzo. Ndakamuregedza ndikawona achiti njoo pasi. Mawoko ake ese akange achibata dumbu zvino. Kuchema akange achimira zvino. Muromo wainge wakashama achiratidza kuti akange ari pamarwadzo. Chakange chotora nzvimbo ndakachisaiwa ini. Ndakasimudza umwe wangu ndokumugadzika pamubhedha. Kugara kwaakaita apa ndakawona osunga kumeso achiruma muromo. Pakarepo akabva ati zii-i akadaro ndokuwira pasi nedivi. Kudai ndaive kure naye akarovera pasi akakuvara.

Ndamugama, chinhu chakatanga kuuya mupfungwa dzangu imota, ndakatsvaga tsvaga svombunoro ndokuwona dziri pamusoro petafura. Ndaka manhonga ndoku bata umwe wangu uyo akange akati rukutu. Nhare-mbozha yangu ndakangoinhonga ndichibva ndaikanda muhomwe yangu. Handina kuwana mukana wekutarisa kuti chii-ii chainge chawonekwa neumwe wangu? Ndakabuda paye ndiri chawhiwhi ndakananga kumotokari. Ndakapinda nemuimba yekutandarira, ndonanga mugaraji. Ndakabaya *remote* yekuvhura gonhi regaraji, uku ndichi gadzika umwe wangu pachigaro chekumashure. Kuvhurika kwegonhi iri kwakaita kunge gore. Ndakange ndave mumashure menguva chaimo.

Parakavhurika ndakasimudza mota iri chahwihwi, ndakabuda ndokutenderera vanhu avo vakange vachirimbinyuka kutamba mhanzi. Ndakabuda gedhi ndokunanga kuma bvazuva. Ndakange ndonanga kwaHuruyadzo *pa24hr Medical center.* Zvekuti dzaive nguvai handina kuziva kasi nekuwona vanhu kuwanda kwavainge vakaita mumugwagwa, handina kunzwa kutya. Ndakapfuura paChaminuka, ndoku tyora mota ndosiya Huruyadzo Clinic kuruboshwe rwangu. Ndichangoipfuura ndakatyora mota yakatarira kumabvazuva. Ndodaira nepaye pane *container* reEconet, Club-Hideout iri kurudyi kwangu. Zvidhakwa zvainge zvizere mumugwagwa zvekuti kufuridza mota apa kwaitonetsa.

Ndakasvika *pa24hr Medical center* ndokumisa motokari. Ndakaburuka andichimhanya ndichino sheedza nurse avo vandakawona kufamba kufamba mukati muye. Havana kutora nguva vakange vatobata *wheel chair* kare. Vakasviko teka-teka munhu ndokumugadzika. Patakapinda gonhi vakabva vamusimudza vomuisa pamubhedha wainge uripo. Mweya wekufema ndicho chinhu chekutanga chavakamupa. Vakatora kagaba kadidki kainge karipo ndokukasungurira padivi remubhedha. Umwe wavo akasvika ndokubayiria *drip*. Pekurisungirira pakange pasina, ayitofamba akabata chi*tube* chiye mumawoko akasimudzira.

Zvinhu zvese apa zvayi itika nekukasika. Sekubwaira kweziso akange osundwa vopinda naye mukati. Ndakada kutevera kasi ndakanzwa akange agere pa*Reception* chinditi ndimbomira kanguva. Ndaizotevera zvangu kana vambomupa rubetsero. Panguva yakadai paisada ini padhuze nekuti ndaizokwanisa kuvakanganisa basa. Handina kupokana naye ndakangara zvangu pasi pachigaro chainge chiripo. Panguva iyi ndakanwa nhare-mbozha yangu kurira ndokuiburitsa mukamwe muhomwe yangu, akange ari mukoma wangu uyo akange achindi fonera. Ndakadaira neizwi riri pasi-pasi, aida kuziva kuti ndainge ndiripi sezvo nhuva yainge yareba. Pavari ndainge ndabva ndichiti ndiri kunotora nhare-mbozha. Panda kava tsanangurira nyaya yekuti ndakange ndamhanyisa Grace kuchipatara. Vaka bvunza kuti chipi ndikawona pasina maminitsi vasvika vachiita kufambisa. Tsano vakange vari mushure vakabata svombunoro dzemota.

7

Kupinda kwakaita tsano Farai pagonhi vari mushure memukoma wangu, chinhu chavakatanga kuita kumhanya vachiuya pandainge ndiri.

"Hey wena nja, nguwe ufuna ukubulala usisi wami? Ngibulala wena kuqhala!" mashoko aya vakaataura tsano Farai vachito ndijambira. Ndakati kwanyanu kusimuka ndokumira ndakavatarisa. Shasha yakasvika ichindi jambira ndokunditi pahuro mbaa. Ndakabata mawoko avo ndomabvisa ndikanzwa n'aa chigunwe chihombe chave kuto tsengwa nemazino. Hasha dzakandibata apa dzaiti ndivakwize nembama, ndaka zozvidzora ndanzwa mukoma vondisheedza. Pandakavatarisa ndakawona vodzungudza musoro. Vaitoziva kuti munhu akandiitaira manyemwe ndaimukwiza otonhorerwa! Ndaive ndisina kuti ani? Angave mukoma, kana sahwira. Kasi mukoma wangu uyu semunhu wandakakura naye achindirwira pane dzimwe hondo ndaimuremekedza zvikuru. Ndingangoti mumba medu ndiye ega wandainge ndisina kumbobvira ndanetsana kana kurovana naye.

Vamwe vese ndainge ndakava zvichienda uko.

Ndakapfekera chikunwe changu padumbu nechepamusoro petsvo ndichiita sendino simudza mbabvu zvishoma. Shasha yakashama muromo yanzwa kurwadziwa. Panguva iyoyo ndipo pandakabvisa ruwoko rwangu muchigayo chemeno avo. Ndakava sandudzira kwakadaro uko ndikawona aikaka shasha yatorovera nemusana pasi. Mukoma ndivo vakatozo mhanyira kuno vabata.

Zvaka simudzana nekupukutana guruva ini ndainge ndongoringa chigunwe changu icho chaijuja ropa zvino. Ndakadhonza chimucheka muhomwe yangu ndoku tsikirira ronda rangu ndovhara kuti ropa risabude.

Receptionist paakawona ndichibuda ropa akabuda kuseri kwetafura yake ndokusviko ndisunga nebhandiji.

"Mozowona chiremba" akadaro achikotoroka. Izwi rake rainge rakati korerei zvishoma. Panguva iyi marwadzo akamboita mashoma. Ndochiyeva zvangu

mukoti uyu. Meso ake akange akati kurei, nyama dzemiromo yake dziri nhete zvekuti ndakanzwa kumerera ndakamutarisa.

Mhuno yake yainge yakati twii kunge yemukaradhi. Uku ayine ganda rainge risina kana vanga, ringave riye rekurumwa neutunga kana kuti mburwa. Chimiro chake chaiyemurika. Nzeve dzakange dzakati kwangwa zvishoma dziri diki zviri pakati nepakati. Paakapedza kutaura mashoko aya akatendeuka ndokutanga kufamba odzokera kunogara zvake pachigaro chake.

Ndakaramba ndakatarisa ndikawona kuti, mwana akange akawumbwa iyeye!

Chero marwadzo akambopera apa, ndakayeva mukoti achigara zvake pasi. *Uniform* yaakange akasimira yaive yakamugara zvekuti waifunga kuti pada akazvarwa nayo. Ndakazodzikisa huso zvangu ndodzora ndangariro nekuteerera marwadzo.

Mukova waive nechekurudyi kwangu wakavhurwa. Chiremba vakamira paye ndokuti hama dzaGrace swederai tinzwe.

Vakazopedza kutaura vatomira pedyo neni. Ndakasimuka ndokumira,

"Right I need one person anopinda mukati umu. The closest to her ndeupi?" vakabvunza vachipinza ziboshwe muhomwe yebhachi jena ravainge vakapfeka.

"Ndini ndiri pano!" tsano Farai vakadeera vachi tsvikinyidza nepakati pangu namukoma wangu vachiuya mberi kwedu. Handina chandakataura ndakatarisa mwana wamai vangu ndikawona naiyewo akanditarisa.

Akadzungudza musoro ndoku furatira onogara pasi. Chekumirira kana kuita mangange natsano vangu pakange pasina. Ndakafuratira neniwo ndokunogara pasi. Vaviri ava vakapinda nemugonhi riye rakabva nachiremba hameno kuti vakange vachienda kupi.

Pakapera chinguva ndikawona gonhi rovhurwa zvekare tsano vobuda paye vachizunza musoro. "*Why not me mwana akakura ndichiwona uyu. Ndaimurwira chero pakawoma sei. Nhasi ndini ndobatwa kunge mubvakure! Mutemo wekupi iwoyo?"* vaipopota neziwi riri pamusoro. Vakaramba vachiyenderera mberi.

Chiremba vakabuda ndomira zvekare, *"Grace auya nani?"* vakabvunza vakanditi ndee mumaziso. Ndakasimuka ndokufamba ndoyenda kwavainge vakamira.

"Ndimi murume wake here?" vakabvunza vondipeurira.

Ndakagutsurira musoro ndofamba ndichipinda mberi kwavo, vakabvunza vave kufamba padivi pangu.

"Ndingagodii vari tezvara?" dakapindura zvangu neizwi raive pasi, kwataiyenda ndaisakuziva saka ndaito mirira kuti vafambe vakwanise kundipindira ndiwone mateverero.

Takazopinda mune rimwe kamuri ndokuwona muinem mubhedha wainge rakavharwa nemamicheka. Grace ndimo maakange ari akarara pa*bed* riye. Tsono dze*drip* dzaisvika nhanhatu dzaive dzakabairirwa pamawoko ake. Uku nhatu uku nhatu. *Oxygen* yainge yakanzi ndii pamuromo.

Ndakanzwa moyo wangu kubaikana ndakatarisa mudiwa wangu arere panhovo kudai! Ndakasviko mubata ndokumutarisa, haana kupfakanyika kana kuvhura meso. Chokwadi mudiwa wangu akange oyenda nezuva remuchato. Ndakatsinzinya maziso angu misodzi yochururuka.

Takazobuda umu topinda muhofisi yachiremba, ndakagara zvangu pasi ndokuteerera vachitaura chimiro cheupenyu hweumwe wangu. Chiremba vakanditsanangurira kuti mudiwa wangu ayinge ayita pfungqa dzakanyanya.

Ndakatanga kuzvibvunza kuti chaive chii chainge chakonzera kuti mudiwa wangu ayite pfungwa dzakawoma kudaro kusvika pakuuita pfungwa dzakanyanyisa? Nyari ndiye akatanga

kupinda mupfungwa dzangu. Chiremba vakandiudza kuti mudiwa wangu akange amirira kuti amuke chete vawongorore toyenda zvedu. Ndakakumbira chimbuzi sezvondaida kuzviwonera nemeso angu kuti chaive chii chaakawona munharembozha yangu chakamudonhedza? Kupinda kwandakaita muhimbuzi ndakamhanya kuburitsa nhare- mbozha yangu kwava kuibaya ndotsvaka *mamessages* kwava kuona hapana chiripo. Ndakatsvaka *kuWhatsapp* ndikawona kusina. Pandakazodzoka kuma *calls* ndakawona kuma*received* kusina kasi kuma *dialled number,* dzaive *last dialled* dzaive dzaNyari.

"*Seke road just after Koala 2 minutes ago.* Vainge vakamirira *Ambulance* apa kuti ivaendese kuchipatara. *But as for her she was unconsious.*"

8

Zvandainge ndakura ndiri sandizvo zvandaainge ndava apa. Vakadzi ndiwo wakange wave musimboti kwandiri.

Ndakange ndisinga chakwanisi kuzvidzora kana ndasvika panyaya iyo. Ndakageza kumeso ndokutanga kufamba ndobuda muye. Chiremba ndakawana vachinyora-nyora pakapepa kaive pamberi pavo. Vakanditambidza ndokuti kwandiri ndinotenga mishonga paDispensary yaive uko kwaive kudhuze nekwandakapinda nako. Handina kukakama semunhu ayida kurohwa nemhepo.

Ndakasimuka ndokufamba ndoyenda kuye. Nyari zvino ndiye akange onditemesa musoro. Zvakange zvichiitika kwaari ndaisaziva. Ndakada kuziva chokwadi ndokufona panhamba yake.

"Hellow" rakadaira izwi remurume. "*I speak with Nyari?"*

Pasina nguva ndakanzwa Nyari otaura nezwi raive pasi pasi.

"Hesi babie, uri sei hako" akadavira Nyari.

Handina kuda kubvunza twakwanda ndakabvunza kana ayive mutano. Akati iye akange ari nani. Aingonzwa kurwadziwa nekugudyurwa nemota chete kasi akange atenga mapirirtsi akanwa. Moyo wangu wakasununguka nekuti kudai akange akanganisika chiri mudumbu akandiudza kuti pane zvainge zvaipa. Takazotaura zvedu dzimwe kusvikira Nyari anditi ndiuye kumba akange abuda akayendeswa kumba nabhudhi vake avo vandainge ndataura navo.

Semunhu akange ave nemibvunzo uye achida kuzviwonera ndakabvumirana naye ndokuti andipe chinguvana ndikwanise kuyendesa mishonga ndowona zano yekuti ndisvike kwaakange ari. Ndakatenga zvangu mishonga yaidiwa ndokupesanisa tsoka nevhu ndodzokera kwaive kuina Grace naChiremba. Ndichipinda muye ndakawana Grace agara zvino, kasi ayiratidza kuti akange achinzwa marwadzo. Ndakasviko mumbundira ndokumutsvoda, kwava kugara padivi pake pamubhedha waakange ari.

"Timmy, when I was a sleep I had a strange dream. There was this lady who tried to tear my dress apart and all I could here was secret, secret. I can't figure out what it means" akadaro Grace meso ake achiti nyangarara mvura. Kuwona mudiwa wangu achichema kudai kwakandipa dzimwe pfungwa.

Uyezve izwi rekuti *'Secret'* raakataura rakati dyuu pamoyo pangu. Ndakatanga kuzvidya moyo. Pachokwadi ndakange ndourayisa mwana wevanhu nekusada kumuudza chokwadi. Muchato wangu wainge woparara nekuda kwehudyire hwangu!

Ndakatanga kumurondedzera kubvira musi wandasanagana naNyari kusvikira zuva redu remuchato raiva irori rataive pariri. Misodzi chete ndiyo yaitaura iye pasina kana izwi rakaburitsa.

Ndapedza kutsanangura nyaya yangu ndakange ndamirira kuti chero zvazvaita burugwa rebenzi. Kundiramba kana kusandiramba ndakange ndamirira zvese. Handaimupa mhosva chero *decision* ipi yaaziotora apa.

Mwana wevanhu akachema zvandakanzwa tsitsi. Handina kana kumunyaradza ndakangotarisa ndichida kuti apedze shungu dzake. Akachema nguva yakati rebei ndokuzonyarara zvake. Pakamboita nguva akati zii asati ataura kana izwi rimwe chete.

"Timmy I wasn't expecting this from you. But I know you love me. Mostly I thank you for having the courage to tell me the secret that you have. If kuri kuti Nyari ane nhumbu yako, its fine we can take care of the baby once aveko. If she likes we can have a nanny to look after her baby. Soon I will be having my own bussines running so it will be ok by me. She can visit if she wants to anytime" Nguya yaakange achitaura mashoko aya ndakanzwa mufaro mukuru.

Pachokwadi Mwari akange andigonera. Ndichikura ndakange ndichiudzwa kuti ndiite zvido zvaMwari kasi nekuda kufadza nyama ndakange ndisina kuzviteerera.

Grace akasimuka paye ondimbundira, simba rekuti ndimubarewo ndakarishaiwa. Ndakazongoita zvekumanikidzira. Takaregedzana tomirira chiremba avo vaida kuita ongororo yavo kana amuka. Pavakapinda vakaita zvavakaiuta ndokutiti tibude apa tiyende zvedu. Taifanira kuzodzoka kwayedza vowona kuti mudiwa wangu akange arara zvirisei.

Takabuda muye topinda matainge tasiya mukoma wangu natsano Farai. Tichipinda tsano vakamhanyira kumbundira mwana wami vavo. Ziso ravakandipa rakandiudza kuti vakange vaine nyaya. Kasi ini ndakangoti pada kubatikana nekudzingwa maive naGrace kwavainge vaitwa nachiremba.

Takabuda paye topesana, isu takange tave kuyenda kumba kwaNyari. Takange taronga kuti kana tasvika ndaimuzivisa chokwadi chekuti ndakange ndaudza mudzimai wangu. Uye kana mimba yaakange achitaura yaivepo zvechokwadi akange achifanira kuudza mudzimai wangu kwete ini. Ini ndaizopinda kana paine chanetsa vakatadza kuchigadzirisa vari vaviri. Tsano namukoma vakapinda mumota yavo vari vaviri isu ndokupinda mune yatainge tabva nayo.

Takatarisa mavirira vana tsano vari mberi isu tichitevera. Takasiya Community Hall nechekurudyi Club Hideout iri kuruboshwe. Pamberi pecommunity hall ndakawona paina Dylan akange akapfeka nguwani yechi *Cowboy*. Akange achitevera shure kwemumwe mukomana uyo akange achifamba akananga kumotokari. Ndakayedza kucherechedza mota iyi kasi ndakangowona kuti yaive yerudzi rwupi. Zve*number plate* ndakakundikana. Takati tave kupinda *mumain road after park* iye ndokunanga mabvazuva. Mukoma wangu natsano vakananga kumavirira. Takange toyenda kumba kwaNyari uyo ayigara muna Rusvingo Drive MuZengeza. Takambo pfuurira tonanga pasService Station tichiwedzera mafuta sezvo ndaida kumukira kuperekedza vanamai kudhorobha. Honey moon taizoitanga chifumi chamangwana.

Tapedza kunzwa takadzoka muna Rusvingo ndokumira tave pagedhi rake. Ayigara pa*54*. Takaburuka muye tonanga kumain door. Mumba umu mainzwika kutaura ndakambofunga kuti zvimwe vakange vari vanhu ndokuzoramba ndakateerera, yakange iri *T.V* yayiita ruzha. Ndakawona kuti chero ndikagogodza ndaigona kusanzwika apa. Ndokuburitsa nhare-mbozhs yangu ndofona. Haina kunonoka kudeerwa munhu achibva avhura gonhi. Haana kubuda panze akavhura ndokumira ariseri kwaro. Ndakatungamira ndopinda muye, ndichingopinda akabva avhara door amire shure kwangu.

"Hiiii" ndakanzwa ozhamba amire paye. Ndipo pandakazocheuka wanike aaaah shasha haina kana kusimira. Apo Grace akange ari mugotsi mangu chaimo zvekuti paakavhara gonhi akavharira naiye mukati. Grace akamira akatarisa nerimwe ziso rekuti ndakafunga kuti zvimwe akange oda kurova munhu. "*We need to talk Nyari*" akadaro ndokundipfuura onogara zvake pasi.

Kuti afambe achibva apa akaita seanamira. Tsoka dzakange dzorema sechikuvauro chakanamira dhaka. Akazozvuva tsoka ndokugara pasi ozvivhara nemucheka wakange uri pasofa. Chimiro chaive mumba umu chairatidza kuti akange akagadzirira kuita *'romantic night'* chaiyo. Patable painge pakatsvetwa makomichi maviri. Chando akange ari mukagaba kakange karipo. Nyama yakagochwa nemagaka zvakange zviri mundiro mazvo. Domasi rakachekwa chekwa rakati piriviri kutsvuka, riri nechepadivi mundiro maro. Hanyanisi nezvimwe zvikodza muto zvainge zviri pazvo.

"Right Nyari I forgot to ask you earlier. Wati mimba yako yakura sei zviya I just found out kuti he is responsible right?" akabvunza Grace achinhonga nhindi yemanya yakagochwa yaive mundiro patafura uko rumwe ruwoko rwakandinongedzera. Zvekuti ndakafunga kuti akange achida kunditema nenyama yaainhonga iyi. Akaidambura ndokutsenga zvinyoro nyoro akamirira mhinduro.

Nyari akati zii akatarisa pasi kana mweya wekufema handifungi kuti akange achaudhonza ini.

"Its 3 months" akadavira akati tsikitsiki pasi.

"Ok it's ok so check up unoenda riinhi? I would love to go with you since its our baby" pakanzwa mashoko aya Nyari akaratidza kupererwa. Akatanga kukwenya musoro wainge wakarukwa *Carpet* kuita kunge achadzura bvudzi.

Kuti arambe zvakaramva kuti abvume futi hazvayi ita. Ini ndakange ndiri zii zvangu chekutaura ndakange ndisina ndaida kuti vaoedzerane ivo pachavo. Vakataura mafambiro avaizota zvinhu ndakateerera zvangu semuranda padare raMambo.

Vakawirirana kuti pakunotariswa pose vaizoyenda vese. nyaya yakazovepo pakanzi makadhi ekuchipatara abude pawonekwe kuti *next check up* iriko rinh. Apa ndopakawoma nyaya zvino Nyari akaramba akarambisisa. Ndakawona ndega kuti hapana nyaya yaivepo apa. Kwaingove kuda kuita madiro ajojina neni munhu achihwanda nekuti ndine mimba yako!

Kuramba kwakaita Nyari kwaive kufuridza hasha dzaGrace nemvuto chaiyo. Akaviruka zvekuti chero neni ndakawona hunhu hwake chaiwo kana atsamwa apa, kekutanga

Nyari akapona nekutiza, kudai asina kutiza angadei akarohwa kuitwa kanyama kanyama chaiko.

"If I ever see your missed call or text in my hubbys phone I will skin you alive" akadaro Grace tobuda gonhi raNyari todzokera kumota. Nechemumoyo ndainzwa kufara kuti Nyari akange abuda muhupenyu hwangu. Akange asara

nditsano avo vainge vawona zvimwewo. Kasi nekuudza kwandainge ndaita mudiwa wangu zvakavanzika ndaiziva kuti vakada kundinetsa ndaimuudza zvopedzerana. Ndakange ndovimba naye.

Ayinge asina dzungu ayiita zvinhu zvake achitora nguva yake.

Tichipunda mumota nhare-mbozha yangu yakabva yarira. Grace akabva amhanyira kuibata ndokuvhura tsamba- mbozhs yakange yapinda. Handina kuda kuita hanya nazvo nekuti ndakaziva kuri kana iri yebasa ayizondiudza. Ndakanzwa shasha yoridza tsamwa nekuseka nguva imwe chete. Handina kubvunza ndakaramba ndiri ziii ndichidzosa zvangu mota mumugwagwa, ndokutsika mafuta todzokera kumba. Tichiti pa*ground* rebhora paye ndakawona shasha yoisa nhare-mbozha panzeve. Munhu waakange achifonera haana kudaira. Akapamha zvekare ndikanzwa votaura.

*"Hey tell me what you threatened to tell me mutext mako. Taura tinzwe haikona kundandama" n*dakashaiwa kuti yainge iri nyaya yei yaitaurwa apa. Chidokwa-dokwa chakange chandigara madunduru. Kasi mabvunziro andakange ndoshaiwa. Akazokata zvake *phone* ndokuitsveta pasi onditi ndee kumeso chaiko. Ndakamutarisa patakati dhuma dhuma meso akadungudza.

"Tiri thats Fatso hanzi i want cash about 500 bucks or he will tell me about Nyari. Wange uchida kurarama hupenyu uhwu kusvika riinhi? Hupenyu hwekutiza nekuzvi vhikira vhikira usina mufaro? No man next time anything happens try to open up ok it builds trust. And it shows kuti you value me as your partner ok!" akataura mashoko ayaGrace achiratidza kubatikana nezvandainge ndamuita.

Akange achireva chokwadi zvake kasi kungoti dzimwe nguva varume tine kuzvikudza. Hanzi ndozvipedza ndega ndopatinokuvarira ipapo. Kusvika kwatakaita pamba ndainge ndonzwa kusununguka. Vanhu vainge vaudzwa kuti Grace akange arwara, vakashamisika kuwona achiburuka mumota achifamba ega. Grace akango buruka mumotokari ndokuti kuna dj aridze kambo kekuti timbo jaivha zvedu. Hatina kuzowana nguva yekurara tofaria zvisina ani akambowona.

MAGUMO

Marwo

1

"*Mwana wehanzvadzi yangu inzwa unzwe kupa huturika, mangwana unoturunura. Ukaneta nezuva rimwe ko panozopera gore unenge wave papi?*" vatete vaJokonia vakange vachitaura nemuzukuru wavo mwana wehanzvadzi yavo. Uyo akange agere zvake pachigara vakwati. Akabata rushaya senherera ino kungura kuparara kwaamai vayo. Jokonia haana kutaura zvake, akaramba anyerere pfungwa nendangariro ndizvo zvakange zvomubaya. Akange otofunga kure-kure, akange anyura mutsime rendangariro. "*Dokuchidzira chigutswa icho tinone kuti rupiza rwedu rwungaibva here? Nzara ndiyo yandiuraya Murozvi wee-e*" vakadero vatete vake vamaMoyo avo vakange vari mubishi kukurukura naJokonia.

Jokonia akange odyiwa pfungwa nekuda kwamukoma wake simba uyo akange achingoti, Jokonia akasiya mbatya iye anotora opfeka. Chero asina kupihwa mvumo yekupfeka. Nguva zhinji Simba akange achisiya asina kuwacha izvo zvairwadza muridzi wehembe. Chichemo chake kuna tete chaive chekuti, kana zvichibvira ivo semunhu mukuru vamutsiure. Zvino nyaya huru yainetsa yaive yekuti iye Simba pachake akange asina kana dhende zvaro raanoti rake. Mari akange achipedzera kuma kasa, nekupfambi dzemuruwa! Pamakore, vaviri ava vakange vakasiyana nematatu chete! Jokonia akasimuka ndokukuchidzira chitsiga sezvainge zvarehwa natete. Haana kupikisa, pfungwa dzakadzokedzana paaka tirimuka oyita zvemoto. Achipedza akadzoka ndokugara zvake.

Simba akapinda achidzedzereka uku akabata banga rakange richidonha-donha ropa, rakange rakadzimikirwa pabendekete nechekumusana! Hembe yaakange akapfeka yakange yachiti piriviri zvino neropa.

Akasvikowira pamakumbo emunin'ina wake uku meso akanzi wee-e kunge dhonza radzipwa nechitorobho pajoki.

"Mwana wamai ndafa ini, ndabaiwa nebanga iri. Munhu andibaya ndi....ndi....ndi.." ndiye sarai.

Haana kuzopedzisa mashoko aakange achireva kumwana wamai vake. Mweya wekufema wakabva watiza mumapapu ake.

"Mukoma, mukoma!" akasheedza Jokonia osheedza mukoma wake uyo akange atambarara arere mumawoko ake.

Shungu dzaka muputira, chinguva ichocho chipfuva chake chikatanga kupisa. Misodzi yakanjenga mumaziso ake. Paakatarisa vatete vake avo vakange vodonhedza misodzi vachisimuka kuti vazomubatsira kubvisa mutumbi wemwana wamai vake mumawoko ake. Ndipo pakaputika shungu dzaive mumoyo make misodzi ikatanga kuyerera kunge rukova rwavhurirwa mvura.

Jokonia akambundira mwana wamai vake uku achibongomora, vatete vakasviko mubata.

Kwapera kanguva Jokonia akadzura banga riye raive pabendekete ramukoma wake. Rakange riri rerudzi rweOkapi. Vatete vakasviko batsirana nemuzukuru wavo kusimudza nekugadzirisa mushakabvu kuti avate zvakanaka. Vachipedza vamaMoyo ndivo vakatanga kusimuka ndokuikwetsura mhere, iyo yakakoromora vazhinji. Chinguva chisipi gurumwandira revanhu rakange rauya kuzowona nekunzwa manenji akange ayitika pamba apa. Vabereki vaSimba naJokonia vainge vaparara Jokonia kachiri kandumurwa. Vaviri ava vakange varumwa nenyoka husiku humwe chete. Zvino veruzhinji vakange voti yakatumwa.

Sevanhu vakange varumwa husiku hapana akaziva kuti yaive nyoka yemhando ipi! Pamusha apa pakange pogara ivo vamaMoyo nevazukuru vavo, sezvo vainge vadzoka kubva kumurume wavo nenyaya yekushaiwa mbereko. Zvino vakange votowona nekuchengeta pamusha apa majaya maviri aya achikura.

Ari semushakabvu Simba vakamboedza kumu tsanangurira nekumuonesa zvakaipira doro, kasi vakange vakanda mapfumo pasi! Jokonia anova ndiye ayive gotwe akange akura ari munhu anoteerera kubvira pahuduku, sezvo Murozvi uyu ayive netsiye nyoro. Nguva yake zhinji ayipedza achifudza mbongoro, n'ombe kana ari iye akange ayine jana. Kana dziine vamwe ayitopedza ari mubindu remiriwo umo maainge achisakurira nekudiridzira. Zvino ayiti kana aripo chero asipo vazhinji vaiuya kuzotenga zvirimwa zvake.

Kamari kaainge achiwana ayisungirira otenga mbatya neimwe midziyo yake. Simba ndiye ayimu dzosera shure sezvo ayimbotora zvimwe achitengesa nekuchovhesa makasi. Banga raakange abvisa panamukoma wake akaripukuta ropa ndokuriviga. Akange achida kuzorishandisa nerimwe zuva. Akange ayine tarisiro yekuziva akange abaya nekutora hupenyu hwamukoma vake. Pakasvika varume vaigara munharaunda iyi ndokubatsirana natete nemuzukuru kugadzirira kuti vacheme mushakabvu.

Richidoka dzimwe hama dzababa vaJokonia dzakatanga kusvika rumwe rumwe. Madzisekuru nana babamunini, madzikoma nevana. Vamwe ndivo vakazosvika kwavira, vamwe mambakwedza. Munhu wese ayisvika apa ayishamiswa kunzwa firo dzaSimba. Vamwe ndivo vaizotaura voti "*anotamba nebanga nofawo nebanga!*".

Pakubuda kwezuva matikitivha maviri akasvika panzvimbo iyi, akange akapfeka maboni-boni matema, ano akazvii zvekuti hawaikwanisa kuwona kana munhu akamapfeka ayine mboni kana kwete. Vakabvunzurudza ruzhinji rwevanhu vakange vari apa uku vachinyora nyora mukabhuku kavaive nako. Vaingobvunza mibvunzo mitatu-mina votopfuura zvavo.

Panguva yavakasvika panaJonkonia ndipo pavakambo titorei kanguva sezvo vari ivo vainge vawona nekutaura nemushakabvu kanguva kadiki asati ashaika. Vaviri ava vachipedza kubvunzurudza vanhu, vakatsakatika ndokuzowonekwa zvekare pamarinda panguva yakange yochengetwa mushakabvu. Semunhu akange asina mwana Simba akaradzikwa negonzo! Vazhinji vakashamiswa paye pavakange vowona mutumbi kekupedzisira, musoro waSimba wainge wazvimba zvikuru izvo zvairatidza kudunduvira kweropa. Zvakange zvave pachena kuti muchinda uyu akange arwisana nemhandu dzake zvikuru, dzisati dzamubaya.

Chakanyanyo netsa muhana yaJokonia izvo zvakamusiira bundu ndechekuti, kubvira mukoma wake achiri mudoko haana kumbo bvira apinda dzivo. Hongu doro ayinwa kasi zvemutsimba ayive munhu ayisazvifarira. Izvi zvaireva chinhu chimwe chete, vanhu vakakuvadza simba vane chavainge vachida kumutorera icho chavakamutorera! Kasi muparanzvongo ndiye akange achinetsa kuti afungire kuti ayive ani? Panguva yekuti vanhu vachiwonekana nemushakabvu Jokonia akanokora ivhu ndokukanda pamukati merinda, "*mukoma hongu mainge muchifamba murima kasi ayita izvi, ndonopika.*" Akadaro muhana yake."*sezvaakuitirai neniwo ndichaita, denga ngarindi batsire.*" Akakanda ivhu pasi ndokududza odzokera pamashure pakange paine vamwe.

Varume vakange vari kuita basa pamarinda apa, vakatanga zvino kukanda mavhu pamusoro perinda. Shure kwaizvozvo kwakasara vakuru vepamusha, vavakidzani vodzokera kumba kunodya. Uye kuti vawone kupararira mushure mekugeza mawoko. Vakasara, vakasara vakaita chikaranga chavo ndokutevera zvavo pashure. Vazhinji vakati vachipedza kudya ndokupinda munzira vodzokera kumizinda yavo. Vazhinji vehukama vakaparira chifumi chamagwana, matikitivha aye maviri akadzoka zvekare ndokutaura nevakange vasara, vakasheedza Jokonia uyo akange akaita manhede pachigara vakwati. "*Sahwira tiudze, ndiyani waunofungidzira kuti pamwe ndiye akabaya mwana wamai vako?*" akadaro mutikitivha wechikadzi. Uyo ayinge akati nde-ee mumaziso aJokonia.

Ipapo Jokonmia akatarisa pasi, ndokuti mudenga. Pachokwadi hapana kana waakange achifungira. "*Uuuuhm pachokwadi hapana, ,mukoma vangu vaive munhu akanyarara. Saka panonetsa kuti uzive waanetsana naye nekuti nguva zhjinji havaiwanzotaura kwavanenge vaswera vari*" akadavira mukomana uku pfungwa dziri bishi kufunga kuti pachokwadi angave ani akaita zvakadai?

Mimwe mibvunzo yakazotevera akange ongo davira hake, kasi wekutanga uyu wainge wamupinga pfungwa. Vachipedza kumubvunza vaviri ava vakawoneka ndokutanga kunanira vachiyenda zvavo. Jokonia akasara ndokugara pasi, akange okwenya musoro. Ayinge achiyedza kufungira kuti angave ani akange auraya mwana wami vake, uye kuti vakange vazviitira kupi? Pakarepo imwe pfungwa yakapinda maari. Akasimudza musoro ndokuwona matikitivha aye oyambuka kakova kaiuya pamba pavo. Ndokusimuka ovamhanyira.

2

NGUVA YAKASVIKA JOKONIA pakange paine matikitivha aye maviri, akawana vakamira vari bishi kuita nharo. Umwe ayiti handeyi nepatabva napo, umwe achiti handeyi neimwe nzira. "*Vakuru pachipamwe*" vaviri ava vakavhunduka pavakanzwa munhu otaura navo.

"*Pamweni mujaya, zvaunenge wange uchimhanya zvee. Kwanzi zvaitasei zvekare?*" akadavira umwe mupurisa uyo akange achiratidza kukahadzika naJokinia. Uyo akange ofemera padenga kunge dora.

Shasha yakambo shapira mweya kaviri-katatu ndokuzotanga kutaura.

"*Panguva yamabva pamba apa ndasara ndikapindwa neimwe pfungwa, marimwezuro. Mukoma Simba ndakavanzwa vachitaura panhare mbozha vachiti 'tawana shangwiti. Magwana tofa nemari, kasira kuuya ndogo kupawo. Mangwana chaiwo kushupika kwese kunopera hama yangu.' Vakaramba votaura vakati ivo vaizosangana pasi pemushuma uri apo mambakwedza. Handizivi kuti vakange vachida kuzoyenda kupi. Vakamuka rungwanani ndokubuda pamba. Sezvo ini ndaida kufumo mukira kunodiridza ndisati ndaita dzoro rangu kumombe ndakangoti vachiti gonhi sandudzire ndakabva ndamukawo. Hanzu dzavakaenda vakapfeka sandidzo dzavakadzoka nadzo. Vakayenda vakapfeka nguwo yangu chena neshangu nhema kasi pavakadzoka vakuvara, vange vapfeka ineruvara rweshizha iyine mawoko marefu. Nhare mbozha vange vasisina nekuti ndini ndakavabata pavakasviko wora pasi pamakumbo angu. Ndakatanga ndabata homwe ndichiti pada ndingawone kana paine chaizogona kutibatsira kutsvaga mhondi yainge yaita izvi. Uye ivo vakasvika vakabata bakatwa neruwoko rwerudyi ziboshwe akange akabata hombodo. Handina kuziva kuti vaiyedza kundiratidza kuti kudiyi?"* akamira Jokonia omedza mate.

"*Mukomana nyaya yako tiri kuinzwa chandinoziva kuuya kwawaita pano wange uyine tarisiro yekutibatsira kana kuti kubatsirwa nesu. Zvino ndave kuda mafungiro ako, wati toitasei?"* akambomira mupurisa uye okwenya musoro.

Ndokuzoyenderera mberi oti "*Pavanhu vanositamba namukoma wako nekunwa naye doro hapana here wawakambozwa achitaura kwavaida kuzoenda? Nekuti sekureva kwako wati wakanzwa vachiti tinokasira kuyenda kuti tiite mari? Zvino mujaya ungatibatsire here apa. Ndekupi kwaifarirwa kuyendwa namukoma wako achiri mutano?"* Jokonia akatanga kukwenya mhanza ofunga.

Mashoko aakange ataurirwa apa nemibvunzo zvakamupa kushunguridzika mupfungwa. Pachokwadi akange asina kumbozvifunga kuti paigona kuwanikwa rubetsero panyaya iyi. Munhu akapinda mupfungwa dzake muchinda akange ave wechikuru uyo ayinzi Simon. Ndiye chete munhu waakange achiziva ayiwirirana namukoma wake. Ndiye munhu akange achisimbo svika pamba pavo achimutora zvikuru kana paine kudoro kana kuenda kunowona bhora.

"*Simon ndiye wandayi simbowona achiuya kuzotora mukoma vangu. Anogara mamhiri apo, apa handizivi kana aripo izvozvi".* Akadavira Jokonia asina chokwadi chekuti Simon ayigona kuziva kwakange kwayenda.

Hana yake yakatanga kurova kasi ichirovera pasi zvishoma. "*Ngatiite sezvizvi tiperekedza kwaaSimon kwacho towona kuti tozviita seitave ikoko nhaika"*

Akadero umwe wemapurisa akange achiferefeta kuurayiwa kwaSimba.

"*Hazvina mhaka regai ndiyende nemi, hakusi kure*" akataura mashoko aya Jokonia ave kutoamba achitungamirira vaviri ava. Kumba kwaSimon kwaisava kure, kwaive kanhambo kadiki-diki.

Kanguva kasipi vakange vave pachivanze. Vakasvika shasha itori mubishi kuwundura huku. Paakasimudza musoro, akaratidza kuvhunduka kasi semunhu mukuru akazvishingisa.

"*Makadini vakuru*?' akavabvunza mufaro uku achipukutira mawoko ake pamudhebhe waakange akapfeka.

"*Kwaziwa hama yangu, ndinonzi Inspector Batisai. Uyu ndeumwe wandoshanda aye pabasa inspector Maruva. Tine urombo kukukanganisa kugadzira usavi uhwu.*" akadaro Inspector Batisai achiratidza kuti akange asingadi kubhururutsa shiri paurimbo. Batisai ayiratidza kuve munhu uye akadzikamira. Anotora nguva yake asati atora matanho, anogona kuferefeta zvekuti haayi ita zvinhu zvake nekumhanya. Kasi hawaireva zvimwe chete kuna Inspector Maruva, ava vakange vari mukadzi mukobvu uyo akange akakangavira zvishoma. Ayive uye munhu aavhengedzera zvekuti nguva yakange ichitaura Inspector Batisai iye akange atove bishi kuwongorora zvakange zviri pamberi pake.

"*Haa hapana mhaka mukuru! Kungoti hana dzinodzoka dzorova kana tikawona toshanyirwa nemapurisa kudayi. Kasi ndinovimba hapana chakaipa chaitika zvacho. Hesi Joko-Joko*". Akadaro Simon achikwazisa Jokonia uyo waakange apa ziso rekuti ukandipinza munyaya unzviwona.

"*Hevoi mukoma, mambomukasei ko nhasi!*" akadavira Jokonia achiwuchira zviri pasi-pasi.

"*Garai nechepapa varume tiwone kuti takurukura zvedu here? Regai ndinochera mvura tiite tichinwira*' akanongedzera zvituro zvakange zviri pasi pemupfura uyo waive pedyo nehozi, yaive pakati pechivanze chepamusha apa.

Vakapesa Jokonia nevamwe vonogara pasi Simon achitenderera nehozi onanga kuimba yekubikira. Vatatu ava vakagara pasi, zvavo vakamirira kuti Simon adzoke. Vakatanga kukurukura dzehupenyu, pakazoti papera kanguva vakawona Simon haasi kudzoka. Ndipo pakatanga Maruva kuita seanonyumwa zvishoma.

"*Varume mukati achadzoka here muchinda uye nekuti paane kanguva ayenda imi. Mukati haana kutiza iyeyu?*" akadero maruva achiringa pachiringa zuva chake. Akadzungudza ndokusimuka obata muchiuno achidongorera dongorera kuti awone kana paive nemunhu waangabvunze pedyo. Hapana kana munhu akange ari pedyo kunze kwehuku dzaingo mberereka nechivanze.

"*Gara pasi Maruva iwe ndopaunonetsera dzimwe nguva unoita seuno kurumidza zvishoma iwe. Kana munhu akatiza zvinoreva kuti anenge achibvuma mhaka kasi oda hake kuivhara. Ipapo mutemo ndopowochiita basa ka ipapo. Patinodanwa isu vaera moyo tichidavira. Toida wekudashura semakashu akasunga dhonza, rajaira kurima makura evanhu*" akadero Batisai achizvirova rova chipfuva.

"*Varume pane zvandawona muchinda uyu akapfeka shangu dzamukoma wangu dzaaisimbo farira kupfeka. Ndikuzviyeuka izvozvi nekudziwona, hameno pamwe akapihwa*" akadero Jokonia achisunga kumeso kuratidza kurwadziwa nekupfekwa kweshangu dzamukoma wake.

"*OK Jokonia, zvakanaka. Zvochiita iwe, usaratidze kuti une zvawawona kana kuziva paari. Tipe mukana tiite basa. Zvakanaka tauya newe*". Akadaro Batisai achikwenya chirebvu.

Pakamboitika karunyararo kwekanguva, ako kakazopedzwa nemutsindo wakanzwika seri kwehozi. Jokonia nematiki-tivha maviri aye vakacheuka pamwe chete vodongorera, kwakange kuchibva mutsindo uya. Simon akabudikira akabata komichi huru, yaakange akabata nemawoko maviri. Akasvikoitsveta pasi ndokuzokera pasina waakataura naye, ndokudzoka nekanguva kasipi akabata kakomichi kadoko zvino.

"*Ruregerero varume hama, ndakuyedzai mvura ndokuwona kuti mvura yandakuvimbisai iye mumba hamuna. Zvino ndatoti chiregai ndimhanye pamufuku apo ndinochera mvura*" akataura mashoko aya achigara pasi. Meso aJokonia akamhanyira shangu dziye dzaakange awona., chakamushamisa ndechekuti Simon akange apfeka nyatera zvino.

Kuti akange azviziva here kuti Jokonia ayiziva shangu dzamukoma wake? Kuti akange achiti ndayenda kumvura iye achinyep agere zvake muberevere reimba nguva yese yainge yadarijka iyi? Kuti akange ayenda kumvura zvechokwadi, zvino shangu akange adzibvisireyi? Kuti ayiziva here kuti vanhu vakange vavingei pamba pake? Mibvunzo yese iyi yaive mundangariro dzaJokonia. Uyo akange akati ndee patsoka dzaSimon idzo dzange zvikuvauro. Dzakage dziine mitswi yeman'a ayivigwa dhora resimbi rikashaikwa! "*Yaah ndange ndafa nenyota hama, regai titange isu anamai varumne mozopedzisira. Chirungu chinoti honour ladies wani*" akataura Maruva ari kutodungira zvake mvura iyo yaainge adira mukomichi duku. Vanhu vose vakaseka zvavo vachiwona Maruva achiita nyambo dzake idzi.

"*Ok mukoma Simon, tauyawo nenyaya yedu. Tinoziva kuti muri kuziva zvakaitika mumana menyu umu. Mukomana anonzi Simba akabayiwa nebanga neva tinofungidzira kuti matsotsi. Zvino tiri kufamba tichiita tsvakurudzo dzekuti tiwone vangange vakamukuvadza. Tanzwa namukoma Jokonia kuti imi namukoma Simba maive nehushamwari hwainge hwatikombei zvishoma. Ndingade kuzivawo kuti makatanga kuwirirana sei uye rinhi?*" akataura Batisai achiburitsa kabhuku kakange kari muhombodo yake nechinyoreso.

Pakamboita karunyararo kwekanguvana, ndokuzonzwa Simon okosora zvishoma. Achivhura huro kuti anyatsotaura. Akange achiratidza kusavhunduka parizvino, akange ati tsigeyi uye ave nehushingi. Akatsikitsira ndokunonga kauswa kaive pasi, ndokukatyora kukaita mapandi maviri. Kamwe ndokutanga kutsenga kamwe kwavakubata neziboshwe.

"*Zvakawoma hama vadiwa handizivi pandinga tangira. Ini nemushakabvu takakura tese, kubvira paundumurwa chaipo. Takange tichitamba tese kumahumbwe, kusvikira pachikoro. Gore rekutanga pachikoro takadzidza tose, ndingangoti kusvika tapedza chikoro. Hapana paakange achiyenda rwendo agondisiya. Takavaka hukama hwekuti chero ndikarara kumba kwavo ndisina kutaura kuvabereki. Vakangonzwa kuti ndange ndiri kwana Simba chete hapana zvavaizotaura. Izvi ndizvo zvayi itika nekwaari, tainge tiri mapatya akasiyana vanamai chete*". Akambomira ofema!

3

"*Regai ndidzoke shure zvishoma. Mukukura kwedu umu Simba ayive munhu akanyarara, kasi akange asingadi zvemunhu anemusara. Zvikuru ukamutanga, kumukanda chibhakera. Haa ipapo ayirwa semvumba chaiyo. Chero mukaita gumi hapana chaaizeza kana kutya. Ayisadududza kana kudzokera shure, kana wamutanga waitomira! Chandaifarira ndechekuti akange asina rusarura ganda kana mumhu. Ayifara nemunhu wese, shungu ndicho chinhi badzi chaingo mukunda. Akange ayine shungu dzekuti ararame hupenyu hwakanaka. Musi wandapedzesera kumuwona akapfuura nepano. Akange achiratidza kufara kasi akange asina kusunguka. Ndakawona kuti umwe wangu akange ayine zvimudya mumoyo. Izvi ayiwanzo zviita kana pain chikuru chaanenge odzingana nacho. Ndakamboda kumubvunza kasi akanditi ayizondiudza kana adzoka. Akandipa chipo cheshangu achiti kana kwaakange achiyenda akafmba zvakanaka ayizodzoka onditora. Akange achida kundiratidza mufambiro wandayi zoita ndave kufamba naye. Akange achitaura zvekuti anzwa kuti pane nzira iri nyore yekuwana nayo mari mudhuze imomu. Pfungwa dzangu dzakati pada paita mugodhi wemari wandisia kuziva".* Akamira Simon odzungudza musoro.

Jokonia nematiki-tivha maviri aye hapana kana ayikosora. Vose vainge vari zii-ii kuratidza kunyatso teerera. Batisai ayimbo nyora-nyora omira. Ari Maruva ayinge akawodyora meso, akandi ndee pana Simon. Ayisambo bwaira chaiko. Ziso raiwoneka kubuda kwaro riri mumaboni-boni matema-tema. Kunge aye ayiwano pfekwa namukoma "Doctor Love" Paul Matavire. Uya wekuimba karwiyo kaye kakaita mukurumbira kanoti 'KuChivhu mudhara, kune madhara egonyeti'.

Panguva yaakazokosora oyedza kuvhura huro, vatatu ava vakaita kakuvhunduka zvishoma. "*Inzwai varume, muchinda wamunoreva uyu akange ari umwe wangu chaiye. Sezvamawona, masvika ndakapfeka shangu dzake ndinovimba Jokonia azviwona. Ndazodzibvisa pandange ndoyenda kunoteka mvura paye. Opfuura nepapo zuva randa pedzisira kumuwona akasiya andipa. Akanditi iye akange asisina basa nadzo sezvo akange onomora mari kwete kutamba. Ndakafara mufunge kupihwa shangu idzi, ndaamhaka nechikonzero ndange ndanzwa nekutsika pasi nenyatera. Iyo hombe iyi yekuti kuipedza kwacho unenge wachovha makore.*" Simon akambo mira kutaura achifema zvishoma. Akasimuka ndokunhonga komichi yemvura onwa.

Akaidhonza mvura yaive mukomichi, sezviye zvinoita mombe yabva kusina uswa. Kusiri kuti ayida kumboofema angadei asina kuibvisa pamuromo. Kubva zvaakayi tsinatira pamuromo. Achipedza akatsveta komichi pasi ndokutora befu. Meso ake akange achiti nyangara misodzi zvino.

"*Varume rufu rweumwe wangu rwakandirwadza mufunge. Ndakashamiswa kunzwa phone yopinda zvichinzi ashayika. Ndakaita sendinorota mufunge. Ndainge ndambotaua naye maminitsi mashoma nane akange adarika achiti avekudzoka. Akange andivimbisa kudzoka achizondiwona asati asvika kumba kwavo. Zvekuti nguva yandakanzi awuraiwa, ndakambo zviramba. Ndakatozoita nzwira pamuviri tsvimbo yarova dapi. Ndokusimudza dzangu tsoka ndakananga kumba kwavo".* Akadaro Simon achipukuta misodzi, iyo yainge ichichururuka kubva muziso rimwe chete sakondo. Jokonia akange zvino omunzwira tsitsi, nyaya iyi payaitaurwa yakange ichimudzimba zvikuru. Sezviya zvinoita chironda chinyoro ukachi dira munyu, naMwari unonzwa parere moyo! Chero zvazvo zvichinji ndokuti ukasire kupora.

Jokonia akambosimuka ndokufamba achisuduruka kubva paive nevamwe vake. Ndokumira ogara zvake pamapango akange akatsigira hozi. Mashoko nenhoroondo zvaibuda mumuroma waSimon zvainge zvamuremera kunzwa. Simon akasara achiyenderera mberi nenyaya yake. "*Varume pane nyaya, mhondi iyi ndaishuva kuti ibatwe. Chokwadi akabatwa haafaniri kubuda kana panze chaipo*". Akadaro Simon uku achiratidza kunzwira mufi tsitsi.

Jokonia akasvikogara pasi zvake kwava kutanga kuwongorora zvakange zviri pachivanze apa. Muberevere remba akawona mucheka wakange uri muberevere. Akanyatso tarisa ndokuwona, pachokwadi akange awona kuti akange awuziva. Akasvipa mate ndokudududza odzoka pakange pagere vamwe. Haana chaakataura, akange atoshaiwa pekutangira chaipo.

"*Ok mukoma Simon, maita basa isu regai tifambe kuchawona. Toda kupfuura tichisiya mukomana uyu pamba. Tozodarikira neku hofisi toda kuno tora mota toyenda kwataka mirirwa kumahofisi makuru edu*" akadero Batisai amira. Uku akange achipukuta mudhebhe wake ndokupukuta shangu dzake idzo dzainge dzakazara guruva. Iro raainge awana mumakura vachifamba.

"*Vakuru tave kusiya nyama, ichiri kubikwa zvino. Nyama yenyu yaramba kubidyiwa nesu nhasi*" akadaro Maruva achigadzirisa magirazi ake.

Vatatu ava vakatanga kufamba vave kubuda chivanze chepamusha PaSimon vodzokera nekwavainge vabva nako.

Simon akavaperekedza ndokusvika padurunhuru iro raive mujinga mechivanze ndokuwonekana navo odzoka.

Vatatu ava vakamboti fambei pasina atura neumwe kwekanhambo. Maruva ndokuzoti, "*muchinda uye ndamunzwira tsitsi mufunge. Ange atoda kuchema nekutsanangura. Chokwadi Simba akange achifarirwa nevakawnda munharaunda muno*".

"*Batisai warangarira here paye patanzi netwuvana tokubatsirai kutsvaga akauraya mukoma Simba. Zvandiratidza kuti ayifara nemunhu wese*". Akayenderera mberi Maruva.

"*Varume inzwai mhondi yedu munhu wepadhuze-dhuze zvekuti tikaita zvekutamba togona kunonoka kumubata, kana kutotadza chaiko*". Akadaro Batisai achiratidza kushunguridzika.

Havana kuzofamba nhambwe refu Jokonia akabva atsauka oyenda kumba kwake.

4

JOKONIA AKASVIKA NDOKUPINDA mukamuri rake ovata zvake. Sekunze kwainge kwadoka akapfuura nekuimba yekubikira. Vamamoyo vainge zvino voshushikana, voshaya kuti muzukuru wavo ayinge ayenda kupi. Kubuda kwainge kwaita Jokonia hapana akange amuwona kunze kwemachongwe. Ayo akange achiteta padurunhuru. Kutsvaga tsanga dzechibage, dzainge dzakarasika vatenzi vachirudza.

Sezvo zuva rainge ratove muna amai varo Jokonia akasvikowana vatete vake vari kudya chidyo chemanheru. Vaviri ava vakaswedzana ndokumbogara zvavo kanguva. Vakazoparadzana voenda kunorara.

Hakuna kuyedza sezvo Jokonia akange ari mukati mendangariro. Akarara husiku hwese achidya mabhonzo epfungwa.

Hongu vanaBatisai vainge vamuvimbisa kuti mhondi yaizobatwa. Kasi nechimiro chezvinhu, zvaimurambira.

Paisava negwara rimwe chete zvaro rairatidza kuti dzimwe nguva mhondi dzaizobatwa. Mumeso ake nendangariro akange achitowona kuri kukama mukaka pamombe yakafa.

Machongwe akarira kekutanga ndokuzorira kepiri, shasha ichingobwaira zvayo. Hope dzakazomuba mashamba-nzou! Achangoti rarei gonhi rake rakatanga kugogodzwa. "*Jokonia muka iwe, kwayedza kare vana sahwira wako vakamira panze izvozvi*" ava ndivatete vake vakange vachimumutsa. Semunhu akange anonoka kurara akadavirira muhope ndoku jadarika orara nerumwe rutivi. Pave paye ndipo paakazovhunduka.

Ndokuita hwemhembwe yapotswa nemushato onomira kwakadero uko. Opukuta mbovha ndomubuda mugota make ari chahwiriri.

"*Wamuka here nhai sahei? Nhasi tofanira kubata gwara redu*" Akadaro Maruva achiratidza kurevesa pane zvaayireva. Ayiratidza kuve munhu akapfeka chiso chebasa.

"*Regai nditi wapu-wapu ndibude*" akadavira Jokonia ave kutofamba akananga kuimba yekugezera.

Tete vakasara voti Maruva naBatisai vapinde mumba sezvo vakange vatori mubishi kubika svutugadzike. Ukuwo Jokonia semunhu akange ari mumashure menguva akaita chipata pata kugeza. Paakange oda kupedza akanzwa izwi remunhu ayisheedzera. Akamboti pada atadza kunzenzwa ndokumbomira zvaakange achiita okanda nzeve kwaraibva nako "*Jokonia uripi, heee?*" Akange ari Simon ayinguno sheedza Jokonia achinzwika kakufemereka.

"*Ndiri kugeza kasi ndatopedza zvangu regai ndibude" A*kadavira Jokonia achitovhura gonhi. Achibuda akaita mahwekwe naSimon uyo ayinyemwerera akabata sanhu muruwoko. Jokonia haana kumbozviiisa mupfungwa zvekuti mukuru wake akabata sanhu.

Akatomukwazisa zvake azere mufaro "*Mukoma matitsika husiku huno kutsvene here?*" Akabvunza Jokonia achitozunza zvake dombo rekukweshesa man'a.

"*Ko iwe ndiudze waakuuya nemapurisa pamba pangu kuti zviitesei? Wakanzwa kuti ndini ndakauraya Simba here?"* Akabvunza Simon achigadzika sanhu pasi.

Akange achinyemwerera, Meso aSimon ayinge akatsvuka kuti piriviri semunhu aputa mhiripiri. Tsinga dzainge dzakati tare-tare nemuviri wake. Kumeso kwake kwainge kwakazvimba zvishoma. Zviye zvinoita munhu asina kurara husiku, zvichida arara pacharara kana kuti parufu. Apo paunorara wakagota moto.

"Kana mukoma wangu, taitoda kuziva mafambiro akaita mukoma chete pange pasina nyaya paye" Akadavira Jokonia achifamba kuyenda kumba yake. Simon akatevera zvake achizvuva tsoka ndokumira pamukova.

Apedza kupfeka Jokonia akabuda onanga kuimba yekubikira uko kwaive natete nanaMaruva.

Kubuda kwakaita Jokonia ayinge achitofamba akatarisa pasi hake. Akazoyerekana ave pasi andonyera nemuromo...!

Chakange chamuwisa akachishaiwa. Akacheuka otarisa kwakange kumire Simon uyo waakaona osvipira mate mumawoko. Zviye zvinoitwa nemunhu anoda kutsemura huni nesanhu.

Ukurumwe ruoko akange achirwitsveta pamupinyi. Jokonia akawona ega mamiriro aSimon akaziva kuti ndiye akange amuwisa zvino akange oda kupedzisa basa raakange atanga. "*Mukoma Simon kwakanaka here zvomondiwisa kudai?"* kwaingove kubvunzawo kwakaita Jokonia kasi ayiziva kuti hupenyu hwake hwainge hwuri panguva yakaoma.

Simon akasimudza sanhu ndokufamba achiswedera pedyo naJokonia. Jokonia akange ofamba nenhendeshure. Akange owona kupenya kwesanhu iyo yainge iri mumawoko yakasimudzwa mudenga. Chiso chaSimon chakachinja ndokutanga kutyisa zvakanyanya. Mazwi akaramba kubuda mumukanwa maJokonia uyo akange angowuwura sembwa inodzimbwa neronda pachidzva. Haana kure kwaakaenda akanzwa arovera nemusoro. Kuti atarise paakange arovera zvakaramba, nekuti akange arimushishi kutiza nehupenyu hwake.

Akayedza kutizisa musoro wake kasi akanzwa kakuremerwa. Akawora kufa kwake nedemo senzombe. Chakamushamisa ndechekuti Simon akatanga kudududza achisuduruka. Akabata pasi ndokumuka oda kutiza. Akange atowona kare pekupunyuka napo. Simon akafuratira ndikutanga kutiza avekumhanya chaiko.

Panguva yakasimuka Jokonia akasvikowira mumawoko atete vake avo vakange vakabata gotsi. Paakachauka akawona Batisai arikupupurika nemhepo zvakatsikana naSimon.

Pachokwadi Simon ayipupuruka nemhepo kasi akange achiteverwa nechinyamupupuri chaicho. Haana kure kwaakaenda ndokunzi dzvii bhandi nechekumusana.

Akada kurwisa ndokubva bhadhi radambuka. Izvi hazvina kupedza simba akange akamubata uyo akabva amugwinha achimusimidza uku achirova ndare. Simon akawira pasi nekumeso njema dzichibva dzachena pakarepo. Maruva haana kunonoka akabva angosvika achibatsira umwe wake kusunga musungwa wake. Vaviri ava vakasimudza musingwa ndokufamba vodzoka naye pamusha. Vakange vabata wavainge vachitsvaga nguva yese yainge yadarika.

"Famba tiende iwe unoda kutiitira ngozi here iwe" Akadaro maruva achisundira Simon kumberi.

MAGUMO

CHAIVE CHISHUWO CHANGU!

1

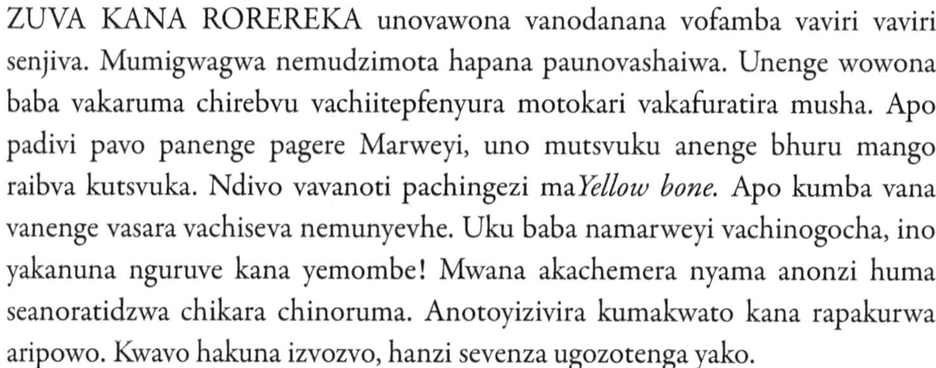

ZUVA KANA RORerEKA unovawona vanodanana vofamba vaviri vaviri senjiva. Mumigwagwa nemudzimota hapana paunovashaiwa. Unenge wowona baba vakaruma chirebvu vachiitepfenyura motokari vakafuratira musha. Apo padivi pavo panenge pagere Marweyi, uno mutsvuku anenge bhuru mango raibva kutsvuka. Ndivo vavanoti pachingezi ma*Yellow bone.* Apo kumba vana vanenge vasara vachiseva nemunyevhe. Uku baba namarweyi vachinogocha, ino yakanuna nguruve kana yemombe! Mwana akachemera nyama anonzi huma seanoratidzwa chikara chinoruma. Anotoyizivira kumakwato kana rapakurwa aripowo. Kwavo hakuna izvozvo, hanzi sevenza ugozotenga yako.

Chokwadi kunyima mwana nyama inowora here? Inga wani vakuru vakati 'chabikwa chawora!' Ko imi zvamunovatyisidzira muchiti inoruma! Akamborumwa nenyama ndiyani wamakaona anevanga rayo? Zvino kuvadza ndizvo zvinana Marweyi izvozvi!

Nhamba dzako unowana dzakanzi '*Darling1*' wobva wafara nyambisirwa haachakuziviyi nezita sezvo makawanda kupfuura tsvigiri muchipunu.

Angairava ndiyani?

Zvino kuzvipedza vakati tsvigiri nekuti angatora nguva yake achirava tsanga imwe nimwe hapana! Ukazviyedza vanoti unopenga. Vamwe ndivo vanoti njere dzorasika! Kwedu tobva tati dzaakushota, pada dzakatamba nepwere!

Ukapinda mumaruwa kana mudhorobhha rovira zuva zvinongova zvimwe chete! Ini ndinonzi Zuva, ndini gotwe mumba medu ndiri zvekare dangwe. Kuva zai regondo chinhu chakawoma chichifadza zvekare. Chinorwadzira pakuti kana waakusiya mbatya hauna waunokururira. Ndiwe musikana ndiwe mukomana pamba penyu. Basa rese revakomana nevasikana ndiwe unotoita, zvozongonaka kana wavakudya. Hapana waunoti apihwa zvakawanda kukupfuura. Zuva randabarwa ini ndakapinda munyika ndichichema.

Mukaka waamai handina kunge ndaunwa kana kuunanzva zvako.

Amai nababa vangu vakanetsana ini ndichiri mimba. Izvo zvakazoita kuti amai vangu vandisiye nababa ndichiri kasvava musi wandaberekwa.

Handingavapi mhosva ndaamhaka nechikonzera ivo ndivo vanoziva zvakakonzera kuti vandisiye. Havana kumbobvira vandiwona kana kusangana navo kubvira zvandainge ndoziva kuti ndiri panyika. Chishuwo changu chaive chekuti ndigovawonawo rimwe zuva. Ndigonzwawo kuti rudo rwaamai rwunozipa zvakadini?

Ndaingowona vana vevamwe vachiti 'mhamha' ini ndisina wekuudza. Kasi chandinotenda Mwari nacho chinhu chimwe chete. Ndakange ndakura ndichigara naambuya avo vaindida kupfuura zvose panyika. Zvizhinji zvandayi wana zvaishaikwa nevamwe vana vanogara nanamai vavo.

Parizvino ndakura, ndatove jaya. Rume chairo, ndakange ndogara zvangu muguta guru renyika yeZimbabwe. Ndakange ndogara muZengeza 1 iyo iri muChitungwiza.

Ndaishanda zvangu mudhorobha reHarare, umo mandaishanda mumahofisi mukati kati medhorobha. Pamwongo chaipo peguta.

Ndakange ndiri kugara pamba peumwe mukuru uyo ayinzi Majoni. Ayive munhu akarongeka zvake. Ayifara neni achinditora semwana wake nguva zhinji. Ndaito tenga chikafu ndopa amai avo vanova mudzimai waVaMajoni vobika ini ndozonodya zvangu.

Mukuru uyu akange ayine mhuri yake, ayive nevanasikana vatatu mukomana mumwe chete uyo anova ndiye ayive gotwe. Ndakange zvangu ndiri munhu anotya Mwari uye ndakarerwa zvakanaka zvekuti ndaive nerukudzo.

Chero zvazvo ndaive mukomana wekuseri ndakange ndichiziva kupa munhu rukudzo rwakafanira. Nekuti vakuru vakati muninipiswi ndiye mukudzwi. Rukudzo rwaunopa umwe ndirwo rwaanokupa newewo!

Rimwe zuva ndichibva kubasa ndakasara munaRufaro muye ndofamba kunanga pamba. Zuva iri ndakange ndakasira kubva kubasa, muviri wangu waingonzwa kuneta zvekuti ndakambofunga kuti pada ndave kurwara.

Ndakakumbira kumbo nozorora kumukuru wepabasa uyo akandibvumira. Kaitove kekutanga kubvira zvandapinda basa kuisa chichemo chakadaro, uyezve semunhu ayishanda nesimba uye akavimbika haana kukakama. Akange anditi ndizorore nezuva riatevera racho ndodzoka kubasa mushure memazuva maviri. Ndakafara zvikuru kupihwa zororo rakadero sezvo ndakatowana uri iwo mukana wekusimuka ndonanga kumusha kumbono dongorera ambuya vangu.

Ndakarongedza twangu ndokukiya hofisi ndowonekana neruzhinji ndonanga kumba. Ndaifaira zvangu zororo kasi nyama dzangu dzainzwa kuneta pachokwadi.

Ndakakwira muchovha wangu paye pakamba hombe yemapurisa mudhorobha ndokugara zvangu kumberi. Ndaisada kudziuriya vaye vanogara shure ivo vachitanga kusara. Zvekufamba wakamira zvaindibata-bata. Ndaida zvangu kuti kana ndoyenda ndoburuka mukamwe ndasvika semutyairi wemota, uyo anoburuka nekepedza rwendo rwake. Muchovha hauna kunonoka kuzara sezvo ayive masikati zuva richangoti darikeyi panhongonya zvishoma.

Takasimuka paye topinda muna Nyerere uyo anozova Seke road tave pa*Fly-over* yepazvitima paye. Kamhanzi kairira umu kakange kotondikomborera zvekuti ndakamboda kupfuura ndichiteerera zvangu ndokuzonzwa husimba hwekufamba ndodzoka shure. Ndakasara zvangu ndokutanga kuzvuva tsoka ndonanga kumba kwandainge ndichigara.

Ndakati ndati fambeyi ndakasimudza huso ndotarisa kwandayi enda, ndakashamiswa kuwona motokari iye inotakura varwere yakamira pagedhi. Yakange iachibaka-baka kuratidza kuti yakange iyine munhu wayakange yafmabira kuzotakura.

Hana yangu yakatanga kurova, ndakawedzera nhanho ndofambisa zvino. Ndakange ndoda kuwona chakange chichitora nzvimbo.

Vakoti vakabuda vachizvuva chingoro chiye chakaita mubhedha une mahviri. Vairatidza kuti vakange vakatakura munhu mukuru. Vakange zvino vachiita kufambisa zvekuti ndakaziva kuti hapana chakanaka pamusha apa. Ndakawedzera nhanho ndoita kunzunzutira chaiko. Ndayi ita kudadanira kuti ndiwone akange akatakurwa. Vakasviko chipeta ndokuchi kwidza mumotokari iye.

Pasina chinguva vakabuda zvekare vakabata kaye kamubhedha kadike kanonzi ka*strecher* pachirungu. Vakafambisa vachinopinda mumba. Semunhu ayive kamufamnba zvakanditorera kanguva kuti ndisvike pamotokari iyi.

Ruzhinji rwevanhu rwakange rwatoungana nechekare. Vana vadoko nevanhu vakuru zvese ipapo, ndaingowona kunongedzera nongedzera kwayi itwa nevanhu. Hapana ayitaura zvine musoro yaingove, " *Mwari adarireyi? Ndiye here umwe wacho uyo, chokwadi munhu akawoma.*"

Aya ndiwo mashoko andakatanga kunzwa ndichisvika padyo nemota yevarwere. Amai Majoni vairatidza kurwadizwa chaiko. Ndakasviko mira ndokutanga kutsvikinyidza pakati pemho-mho yevanhu ndoyedza kupinda.

Ndakakwanisa kusvika padyo negonhi, ndokuwona baba VaMajoni vakarara vakaita manhede. Dumbu chete ndiro randaiwona richiita kutamba-tamba serataguta padare. Vairatidza kuti vaibukura.

Ndakawona kuti zvinhu zvainge zvisati zvakamira zvakanaka. Murume mukuru ayiratidza kuti akange ari pamukanwa wamupere.

Amai Majoni vakange vachibata gotsi zvino vachichururuka misodzi. Ndakatanga kufamba ndichiswedera pedyo, navo ndichida kuti ndizive nekunzwisisa zvakange zvaitika.

Vakoti vakabuda mumba vakabatirana munhu uyo akange akarara pa*strecher*. Ayiratidza kuva mwana mudiki, ndakaramba ndichisunda vanhu kuti ndisvike pakange paina mai. Nguva yandakasvika pedyo navo vakoti vainge vasvika zvino. Havana kumbo mira, vakango sviko nanga shure kwemota. Ndokugadzika kamubhedha kaye umwe opinda mukati. Ndakabata mai Majoni ruwoko ndichiti ndiva bvunze kuti zvainge zvafamba sei kuti baba nemwana vasvike panguva yakadai. Mwana akange apinda apa ayinge ari gotwe repamusha apa uyo ayinzi Tawanda.

Chokwadi handina kana kuziva pekutangira, ndakaramba ndakangoyeva semuroyi ayedzerwa. Mhunza musha yainge yaparadza musha uyu ndakaishaiwa. Ko mhuri yekwaMajoni zvayaifara zve nevanhu. Akange avapinza murubatso rwakadayi ndiyani.

Kungo tsvetwa kwakaitwa Tawanda mukati umwe mukoti akabva amira otsvaga maiMajoni. Avo vaakaita kunanavira neruwoko.

"*Amai muri kusheedzwa kwanzi handeyi tose namukoti uyo*" ndakavataudza ndakavatarisa. Ndakange ndichiwona kuti pachokwadzi mukadzi mukuru akange apererwa. Kubvira zvavainge vasvika pandiri vakange vachingochema chete pasina zororo.

Vakafuratira vofamba vachibva paye, ndakaramba ndakavatarisa ndikawona pachokwadi kuti amai vakange vanyura mundangariro pachokwadi.

WEKUBVUNZA NDAKANGE ndisina nekuti vatatu ava ndivo vaigara pamba. Vamwe vana vaMajoni vainge vakatoroorwa kare, ndaisavaziva. Kwozoti umwe chete ndiye wandaiziva uyo akange achigara kuChinhoyi ari kuchikoro. Motokari yakavharwa gonhi ndokusimuka yoenda. Ndakasara ndimirire paye ndakayeva ndisina kana chekutaura. Kusimuka kwayakaita yakasiya mufananidzo usina kana anoudzima mundangariro dzangu. Chokwadi hupenyu hwunochinja wakatarisa, uye hazvidi gore kuti zvinhu zvishanduke.

Misodzi yakazadza chipfuva changu nenguva isipi. Ndakanzwa kupiswa kwaisvika kukati kati memapapu angu. Ndakatarisa kudenga ndokuisa muteuro mupfupi-pfupi. Ndakangoti nechemumoyo 'Mwari itai kuda kwenyu rima rishaiwe simba'

Ndakanzwa simba kuita serino pera mumoyo ndokubatirira pagedhi raivepo. Mumaziso angu ndakawona rima, izvo zvandainge ndisati ndamboita hupenyu hwangu hwese. Ndaka zokotoroka pave paye ndokufamba ndozvuva tsoka dzangu ndichipinda mumba. Musiwo wamaMajoni wainge wasiiwa wakavhurwa. Ndakasviko dhonza gonhi ndokuvhara zvangu ndotenderera kunopinda mukamuri rangu iro raive kuseri. Mupfungwa dzangu ndakange ndozvibvunza zvakange zvasara zvikatora nzvimbo ini ndisipo. Handina kumboziva kuti chii chainge chakonzera kurwara kwevaviri ava nekanguva kasipi kudero. Ndakapinda mukamuri mangu ndokusandudzira gonhi negumbo, ndokuzviwisira pamubhedha nemanhede.

Semunhu akange odya mabhonzo epfungwa ndakarara zvangu paye. Hope ndokubva dzandiba zvandisina kuziva chii chakatora nzvimbo.

"Zuva.. Zuva...zuvaaaa... muka" ndakazonzwa ndozunungutswa nekamukomana kaigara paimba yaive padivi peyedu.

Ndakapukuta meso ndomuka paye kuti ndinzw kuti ayidei kwandiri. Ndakamhanyisa meso panze kuti ndiwone mamiriro epanze ndokuwona rima rachivharira nyika yese. Hana yangu yakatanga kurova, ndainge ndanonoka kumuka. Ndaida kuyenda kumusha kasi nekuda kwepange paane nguva ndakaziva kuti zvakange zvave zviroto. Ndaitozoyenda kupera kwesvondo raitevera. Ko ndiazivei kuti kurova kwehana yangu kwaitove kutanga kwenyaya huru kwazvo iyo yandainge ndisinga zivi kuti yainge yakandimirira iri mberi?

"*Zuva some guys are waiting for you outside*" kakadaro kamukomana kaye kachindibata bata. Ndakange ndajaira kutaura nako kasi ndakange ndisinga zivi zita rako pachokwadi. Munongoziva kuti vana ukafara navo vanosvika pakushaya chiremerera newe zvekusvika pakukuti iwe kasi uri mukuru zvazvo kumudarika anenge otowona semakaenzana!

"*Ndiri kuuya hama yangu, vaudze kuti ndiri kuuya*" ndakapindura ndichitwasura musana wangu nekupukuta kumeso. Ko inga munoziva ukarara wakavarairwa unomuka waane mbovha.

Ndaisada kubuda panze ndisati ndarongeka, uyo waive mutemo wangu. Ndaitanga ndageza kumeso kana kuri kuseni ndozobuda zvangu, kana ari masikati ndaipukuta huso ndozobuda panze. "Ndipoo mari yesendakuru hama yangu" kakadaro kakomana kaye kakachingidza ruwoko. Semumhu ayisada kunetswa ndakatora chumi ndokapa muruwoko rwerudyi. Kakawombere ndokubuda zvako. Ko ndaiziveyi hangu kuti ndainge ndapinda mumukanwa mamupere! Ayizondi nunurawo munyatwa iyoyi ndiyani?

Chokwadi zvaishura izvi muhupenyu hwangu. Kupera simba kubasa nepamba zvekare zuva rimwe chete?

Hanzi nevakuru chinoda kufa chinokwezvera! Ndakazosimuka zvangu ndofamba ndakananga panze ndonosangana nevanhu vandainge ndanzi vari kundida. Kubvira zvandagara pamusha handina kunge ndamboshanyirwa nasahwira wangu, nechikonzero chekuti handaifarira zvangu kungofamba famba. Ko akauya aakuto kukoka kwake ka, ungarambe uchiti kudiyi iye akambokutsikawo! Taiwanzo sangana zvedu kubhora nenzvimbo dzakasiyana siyana. Ndakange ndisinga fariri kubuda-buda, ndaibuda neshamwari kamwechete chete pagore kana kaviri.

Ndichisvika pagonhi ndakasimudza huso ndokutarisana nemachinda maviri ayo akange akapfeka masvutu matema. Umwe chete wavo akange akabata bepa muruwoko rwake. Handina kunyatsowona kuti raive rei sezvo kwiange kwasviba. Mhindo yaiveko yainge yakadzama zvekuti hawaikwanisa kuwona zviri kana nhambwe mbiri kubva pauri. "Ndiwe Zuva here mukoma wangu?" ndakanzwa umwe wevarume ava obvunza.

"*Hongu ndini makadini zvenyu*" ndakadavira ndochere chedza munhu akange akanditarisa.

"*Famba tione, mubate ndiyeyu*" ndakanzwa akataura pakutanga uye odaro. Hana yangu yakarova, ndakashaiwa nekutadza kunzwisisa zvaakange oreva.

Simba kana mukana wekurwisa ndakazvishaiwa. Ndakango kwanisa kushama muromo ndakatarisa njema dzichipinda mumawoko angu. Ndakange ndatove musungwa ndakarivara. Mhaka yandinge ndapara handina kuziva. Mukana wekureva kana kubvunza ndakaunyimwa. Semurume handina kuda kuratidza kupererwa.

"*Ndokumbirawo muvhare gonhi rangu uye mundiigirewo chitupa changu chiri muchikwama pamusoro pemachira.*"

Ndiwo mashoko andakakwanisa kutaura ndakatarisana nemupurisa akange amire mberi kwangu. Uye akange andikanda njema haana kutaura akango furatira ndokufamba opinda mumba mangu. Pasina chinguva ndakawona obuda, akange akabata chikwama changu icho chaakasvikoisa muhomwe mangu.

Gonhi rakavharwa ndokubva ndatanga kufamba ndiri pakati pemapurisa umwe mberi umwe shure. Svombonoro dzangu ndakadzinzwa dzichirira muhomwe yangu. Ndakaziva kuti chokwadi ndakange ndapinda mumukanwa mamupere.

Hapana akataura neumwe, takafamba kwekanguva pasina kana ati bufu. Takasvika panaRufaro tonanga paComplex iye yepaZengeza turnoff. Chipfuva changu chainge choita sechinoda kuputika neshungu. Ndakange ndonzwa kupindwa nechando zvekuti ndakange ndorovanidza mazino.

Ndakarangarira kuti ini ndoga ndaisava muridzi wenyaya iyi, aripo agere kudenga kurudyi rwababa wandaifanira kuudza.

Ndakanamata ndichifamba kudero.

"Mwari wangu baba vangu. Hupenyu hwangu ndinohudzosera mumawoko enyu. Ndimi munoziva pandigere nezvandadya. Ndimi zvekare muzivi weramangwana rangu. Tarisayi nyika yamera meno uye yoda kunditsenga ndakatarisa. Ndoparara here imi muripo? Ratidzirai mundipe mashoko ekutaura mundiudze pekutaura, mundizivise pekunyarara nekufema amen" ndaka namatira nechemumoyo.

3

PANGUVA YANDAKAPEDZA kuisa munamato ndakanzwa kurerukirwa zvishoma. Ndakange ndapa nyaya kumuridzi wayo. Ndakange ndoziva kuti musiki haandisiye kunyange zvikawoma seyi. Uye Mwari pachake haaisi munhu mukuyedza kasi tinoyedzwa newakaipa achida kuti timhure Mwari iye pembembera.

Takasvika paC.A paye pakanzi St Mary's police station kana tiri munaSeke road. Takapinda mukati, ndokuwana amai Majoni vakagara pabhenji rakange riri mukati muye. Ini ndakada kugara sezvo ndakange ndonzwa kurwadziwa nesimbi dzainge dzakaita kunyura munyama yangu.

"Woda kugara papi iwe imbwa iwe tisimukire apo nxaaaa" ndakanzwa umwe mupurisa watakawana arimuya okwamatata. Ndakavhunduka ndokumira ndakamutarisa. Nechemumoyo ndakati "Mwari ndinzweyi munditarise ndoga handigoni." Ndakataura mashoko aya ndokufamba ndopota seri kwetafura yainge irimo muye, sekunongedzwa kwandainge ndichiitwa nemumwe wemapurisa wandainge ndauya naye.

"Right gara pasi iwe mbwaaa unoda kuti isu tikutevere kasi unoti tino bhadharwa newe here?" ndakanzwa umwe mupurisa otaura uyo akange akanditarisa neziso dzvuku chairo. Handina kudeera kasi kuti ndakango tarisa pasi ndokudzungudza musoro. Ndakange ndatova musungwa pasina mhaka yandainge ndichiziva chaiyo yandainge ndapara. Ndakada kubvunza kasi nekuda kwemamiriro ezvinhu apa ndakawona zvisingakodzeri. Chaitovepo kwaive kugara zvangu ndonzwa kuti nyaya yandainge ndabatirwa yaive yei?

Mapurisa andainge ndapinda nawo aye akasviko ndisiya ndagara pasi ndokundibvisa njema, ndakambo fara kasi ndakazowona kuti hapana chekufarira pandakawona umwe wandisina kuziva opinda. Akasviko ndibata ndokudzosera njema, parizvino ndainge ndaisa mawoko mberi. Achipedza kundisunga akanditarisa kumeso ndokudzungudza musoro. Chiso chake chairatidza kuve chemunhu akasununguka. Ndakanyatso mutarisa ndichida kuwona kuti akange akamira sei pachiso? Akange ari mushava zvishoma kundidarika. Kasi ari mutete zvakada kuyenzana neni.

Apedza akakotoroka ndokusimuka otora amwe mapepa aaakatanga kunyora nyora. Ayiti akanditarisa obva adzungudza otanga kunyora nyora zvekare. Akatora kanguva ndokuzosimuka aswedera pedyo neni. Akaringa ringa mativi ese ndokukotama. Akandibata ruwoko ndokundisimudza ofamba neni ondiswededza pedyo netafura. Akandi tambidza chinyoreso ndokunditarisa mumaziso, ndokunongedzera paida kuti ndiise runyoro rwangu.

Neniwo handina kumbotaura naye sezvo nguva yese yainge ichiitika izvi asina kumbo bvira ataura neni. Ndichipedza akanongedza paakange achida kuti ndigare ndichibva ndagara pasi.

Ndakasimudza tsoka dzangu ndokusviko zviwisira pasi pandainge ndogara zvangu muvhu. Shangu dzangu dzainge dzabviswa kare kare. Makapinda umwe wechikadzi uyo akabva arayira uye kuti andiseche atore zvandakange ndiinazvo.

Hana yangu yakarova katatu nguva imwe chete, ndakaziva kuti ndakange ndatove musungwa. Izvi zvaireva kuti ndainge ndoto rara muchitokisi. Hapana kana wekuchemera kana kuudza akauya mupfungwa dzangu. Achipedza akanongedza panze oti hande. Takapinda nemune umwe mukoto ndokubuda ndonanga imba yainge iri payo yega. Yainge iyine magonhi esimbi zvekuti yayiiswa ngetani yovharwa. Painge paine kaburi kakange kari nechepamberi pagonhi. Ndakasviko mira ndokucheuka ndotarisa shure kwandainge ndabva. Ndakawona nyika yese seyakanditarisa, yakange yashanduka zvekuti ndakatadza kuiziva. Hupenyu hwangu hwese hwakange hwave parumana nzombe. Handina kumbenge ndaziva kuti zuva rangu raizopera rakamira mamiriro iwaya. Ndakatanga kudemba chandainge ndaregerera kuyenda kumusha.

Nguva zhinji ndainge ndichiti kana ndoyenda kumusha ndaibva kubasa ndonanga kuround about ndonokwira motokari. Ndaizodzoka kumusha muvhura kuseni seni rushamba nzou chairo. Ndaingobva ndakananga kubasa ndozouya kumba ndaakubva kubasa.

Asi zuva iri ndainge ndabva kubasa ndikananga kumba. Ndakazonzwa ndonzi "*famba*" uku ndichi dhonzwa ruwoko.

Ndakapinda mugedhi ndokufamba ndonopinda mune kamuri yechitokisi yakange iripamberi pangu. Ndave mukati ndakacheuka ndomira ndichininidzira mawoko angu kumupurisa uye uyo akange akabata svombunuro dzekuvhira nadzo ngetani. Muchinda uye akavhura ngetani ndokudzi bvisa. Gonhi rakange ravharwa zvino, maive nemwenje uyo wainge uri mudenga denga. Waitoda manera chaiwo kuti ugowu svikira.

Makange muine gomba rechimbuzi iro raive nechepakona yekamuri yandainge ndiri. Ndakafamba ndokugara zvangu pasi ndakatsinatira huso pasi.

Ndakambonzwa vanhu vachiti kana uri panguva yakawona pfungwa dzinomira kufunga ndaiti kunyepa. Ndakazviwonera zuva irori.

Ambuya vangu ndainge ndisina kana kumbovabata, ndichivaudza kuti ndakange ndapindana nacho nevakomana vemutemo.

Ndangariro dzemazuva andaifara ndidzo dzakadzoka mukati mepfungwa dzangu. Ndakawona kukura kwangu kwese, kusvikira zuva randainge ndasungwa. Panguva iyi ndakawona kuti ndaive nezvakawanda zvandaifanira kugadziririsa. Vazhinji vandaifanira kutaura navo nekuwonekana navo, vazhinji vandaifanira kukumbira ruregerero. Uyezve vazhinji vandaifnaira kuregerera ini pachangu nekuti zvichida ndaizotadza kudzoka mutirongo.

Munyama uyu ndainge ndisingazivi kuti wakabva nepi?

Ndakarara husiku ihwohwo ndakagara, hadzina kana kuuya hope ndakange ndiri mutirongo panyama nemundangariro. Hupenyu hwangu hwainge hwasanduka nenguva diki siki. Kundi ndibvume kuti ndini zvairamba, ndini here ndaishandira kambani huru muHarare ndiri mushandi akange achidikanwa zvikuru nemurungu wnagu. Hapna chaakange achiita chandaisa ziva. Asi panguva iyi ndakange ndave mutirongo ndiri ndega. Mubvunzo wakauya mupfungwa dzangu ndewekuti, ko iye murungu wangu ayizviziva here?

Mhinduro ndakaishaiwa, chandaiziva ndechekuti iye agere kudenga haaimbondisiya ndiri ngega chero zvodiyi. Ndayivimba naye nguva dzese, ndakaita muteura wangu uyo wandisina kumbobvira ndakaita ndiri pano pasi. Ndakanamata ndichida mhinduro neruchengetedzo kubva kuna musiki. Ndisati ndapedza ndakashamiswa kunzwa gonhi richivhurwa ndosheedzwa. Munhu akange amire mberi kwangu akandishamisa.

3

PANGUVA YANDAKAPEDZA kuisa munamato ndakanzwa kurerukirwa zvishoma. Ndakange ndapa nyaya kumuridzi wayo. Ndakange ndoziva kuti musiki haandisiye kunyange zvikawoma seyi. Uye Mwari pachake haaisi munhu mukuyedzwa kasi tinoyedzwa newakaipa achida kuti timhure Mwari iye pembembera.

Takasvika paC.A paye pakanzi St Mary's police station kana tiri munaSeke road. Takapinda mukati, ndokuwana amai Majoni vakagara pabhenji rakange riri mukati muye. Ini ndakada kugara sezvo ndakange ndonzwa kurwadziwa nesimbi dzainge dzakaita kunyura munyama yangu.

"*Woda kugara papi iwe imbwa iwe tisimukire apo nxaaaa*" ndakanzwa umwe mupurisa watakawana arimuya okwamatata. Ndakavhunduka ndokumira ndakamutarisa. Nechemumoyo ndakati "*Mwari ndinzweyi munditarise ndoga handigoni.*"Ndakataura mashoko aya ndokufamba ndopota seri kwetafura yainge irimo muye, sekunongedzwa kwandainge ndichiitwa nemumwe wemapurisa wandainge ndauya naye.

"*Right gara pasi iwe mbwaaa unoda kuti isu tikutevere kasi unoti tino bhadharwa newe here?*" ndakanzwa umwe mupurisa otaura uyo akange akanditarisa neziso dzvuku chairo. Handina kudeera kasi kuti ndakango tarisa pasi ndokudzungudza musoro. Ndakange ndatova musungwa pasina mhaka yandainge ndichiziva chaiyo yandainge ndapara. Ndakada kubvunza kasi nekuda kwemamiriro ezvinhu apa ndakawona zvisingakodzeri. Chaitovepo kwaive kugara zvangu ndonzwa kuti nyaya yandainge ndabatirwa yaive yei?

Mapurisa andainge ndapinda nawo aye akasviko ndisiya ndagara pasi ndokundibvisa njema, ndakambo fara kasi ndakazowona kuti hapana chekufarira pandakawona umwe wandisina kuziva opinda. Akasviko ndibata ndokudzosera njema, parizvino ndainge ndaisa mawoko mberi. Achipedza kundisunga akanditarisa kumeso ndokudzungudza musoro. Chiso chake chairatidza kuve chemunhu akasununguka. Ndakanyatso mutarisa ndichida kuwona kuti akange akamira sei pachiso. Akange ari mushava zvishoma kundidarika. Kasi ari mutete zvakada kuyenzana neni.

Apedza akakotoroka ndokusimuka otora amwe mapepa aaakatanga kunyora nyora. Ayiti akanditarisa obva adzungudza otanga kunyora nyora zvekare. Akatora kanguva ndokuzosimuka aswedera pedyo neni. Akaringa ringa mativi ese ndokukotama. Akandibata ruwoko ndokundisimudza ofamba neni ondiswededza pedyo netafura. Akandi tambidza chinyoreso ndokunditarisa mumaziso, ndokunongedzera paida kuti ndiise runyoro rwangu.

Neniwo handina kumbotaura naye sezvo nguva yese yainge ichiitika izvi asina kumbo bvira ataura neni. Ndichipedza akanongedza paakange achida kuti ndigare ndichibva ndagara pasi.

Ndakasimudza tsoka dzangu ndokusviko zviwisira pasi pandainge ndogara zvangu muvhu. Shangu dzangu dzainge dzabviswa kare kare. Makapinda umwe wechikadzi uyo akabva arayira uye kuti andiseche atore zvandakange ndiinazvo.

Hana yangu yakarova katatu nguva imwe chete, ndakaziva kuti ndakange ndatove musungwa. Izvi zvaireva kuti ndainge ndoto rara muchitokisi. Hapana kana wekuchemera kana kuudza akauya mupfungwa dzangu. Achipedza akanongedza panze oti hande. Takapinda nemune umwe mukoto ndokubuda ndonanga imba yainge iri payo yega. Amai Majoni ndainge ndavasiya vakagara pabhenji paye ruoko rwuri pashaya. Yainge iyine magonhi esimbi zvekuti yayiiswa ngetani yovharwa. Painge paine kaburi kakange kari nechepamberi pagonhi. Ndakasviko mira ndokucheuka ndotarisa shure kwandainge ndabva. Ndakawona nyika yese seyakanditarisa, yakange yashanduka zvekuti ndakatadza kuiziva. Hupenyu hwangu hwese hwakange hwave parumana nzombe. Handina kumbenge ndaziva kuti zuva rangu raizopera rakamira mamiriro iwaya. Ndakatanga kudemba chandainge ndaregerera kuyenda kumusha.

Nguva zhinji ndainge ndichiti kana ndoyenda kumusha ndaibva kubasa ndonanga ku*round about* ndonokwira motokari. Ndaizodzoka kumusha muvhura kuseni seni rushamba nzou chairo. Ndaingobva ndakananga kubasa ndozouya kumba ndaakubva kubasa.

Asi zuva iri ndainge ndabva kubasa ndikananga kumba. Ndakazonzwa ndonzi "*famba*" uku ndichi dhonzwa ruwoko.

Ndakapinda mugedhi ndokufamba ndonopinda mune kamuri yechitokisi yakange iri pamberi pangu. Ndave mukati ndakacheuka ndomira ndichininidzira mawoko angu kumupurisa uye uyo akange akabata svombunuro dzekuvhira nadzo ngetani. Muchinda uye akavhura ngetani ndokudzi bvisa. Gonhi rakange ravharwa zvino, maive nemwenje uyo wainge uri mudenga denga. Waitoda manera chaiwo kuti ugowu svikira.

Makange muine gomba rechimbuzi iro raive nechepakona yekamuri yandainge ndiri. Ndakafamba ndokugara zvangu pasi ndakatsinatira huso pasi. Ndakambonzwa vanhu vachiti kana uri panguva yakawona pfungwa dzinomira kufunga ndaiti kunyepa. Ndakazviwonera zuva irori.

Ambuya vangu ndainge ndisina kana kumbovabata, ndichivaudza kuti ndakange ndapindana nacho nevakomana vemutemo.

Ndangariro dzemazuva andaifara ndidzo dzakadzoka mukati mepfungwa dzangu. Ndakawona kukura kwangu kwese, kusvikira zuva randainge ndasungwa. Panguva iyi ndakawona kuti ndaive nezvakawanda zvandaifanira kugadzirirasa. Vazhinji vandaifanira kutaura navo nekuwonekana navo, vazhinji vandaifanira kukumbira ruregerero. Uyezve vazhinji vandaifnaira kuregerera ini pachangu nekuti zvichida ndaizotadza kudzoka mutirongo.

Munyama uyu ndainge ndisingazivi kuti wakabva nepi?

Ndakarara husiku ihwohwo ndakagara, hadzina kana kuuya hope ndakange ndiri mutirongo panyama nemundangariro. Hupenyu hwangu hwainge hwasanduka nenguva diki-diki. Kuti ndibvume kuti ndini zvairamba, ndini here ndaishandira kambani huru muHarare ndiri mushandi akange achidikanwa zvikuru nemurungu wnagu. Hapna chaakange achiita chandaisa ziva. Asi panguva iyi ndakange ndave mutirongo ndiri ndega. Mubvunzo wakauya mupfungwa dzangu ndewekuti, ko iyw murungu wangu ayizviziva here?

Mhinduro ndakaishaiwa, chandaiziva ndechekuti iye agere kudenga haaimbondisiya ndiri ngega chero zvodiyi. Ndayivimba naye nguva dzese, ndakaita muteura wangu uyo wandisina kumbobvira ndakaita ndiri pano pasi. Ndakanamata ndichida mhinduro neruchengetedzo kubva kuna musiki. Ndisati ndapedza ndakashamiswa kunzwa gonhi richivhurwa ndosheedzwa. Munhu akange amire mberi kwangu akandishamisa.

4

Amai Majoni vakange vakamira mberi kwangu vakabata chibhokisi chaive mumawoko. Kungonditi baa misodzi yakatanga kuwodzvoka semvura yemuchirongo chatsemuka. Ndakanzwa shungu netsitsi panguva imwe chete.

Amai Majoni vakatadza kana kutaura vakangotambidza mupurisa wavakange vauya naye ndokudududza voputika neshungu. Vakange vobongomora mhere, sepafiwa. Mupurisa uye akatambira ndokunditambidza uku akatarisa kwainge kwayenda nemuchembere iye. Akanditambidza ndokunditi ndigare pasi ndidye. Zviye zvekuti kana waigira musungwa unotanga wabvisa huroyi hapana akazozvīita.

Ndakagara pasi ndokuvhura chikafu chaive pamberi pangu. Mvura yekugeza pakange pasina, ndakango pukutira pamudhebhe wangu. Ndokudya zvakadaro, chikuru kuzadza dumbu. Chandinoziva ndechekuti Mwari haakusiye uchipinda munhamho mbiri kamwe chete. Kutsva dumbu wotsva musana, kwete.

Ndakange ndichinzwa kusada chikafu kasi semunhu akange aswera asina kudya ndakaziva kuti ndaizopera simba ndikasadya. Uyezve ndaisaziva zuva kana nguva yandaizowana chikafu.

Ndakarova chikafu ndikanzwa dumbu rasununguka zvishoma. Nyoka dzakange dzamira kutetena nyama yangu. Sezvo dzainge dzaswera dzichindi tetena matumbu. Ndakapedza kudya ndokutenda mupurisa uye. Panguva yese yandainge ndichidya mupurisa uye haaana kana kutaura neni. Uye ini handina kumbo bvunza kana kutaura naye. Panguva iyi ndakange ndisina kana nyaya yekutaura yacho. Chandainge ndoda kubuda mutirongo umu.

Chepiri ndakange ndoda kuziva kuti imhaka yei yandainge ndapara yakandisvitsa panguva yakawoma kudayi!

Ndakatenda ndokusimuka ndodzokera muchizarira uyo wakange watova musha wangu. Mupurisa uye akatevera ndokusviko vahara gonhi shure kwangu. Apedza ndokufamba odzokera kumahofisi avo.

Ndakanzwa kurira kwegedhi panguva yaakange ave kurivhara. Chokwadi ndini ndakange ndiri mushandi ayidikanwa nemurungu uyezve akange achishanda nesimba uye akavimbika.

"Chokwadi murungu wangu akanzwa kuti ndozvaitika acharwadziwa. Anozovimba neni zvekare here ndambosungwa kudayi? Ko ambuya vangu vaizoita sei vakanzwa kuti murambiwa wavo ave muchizarira?" ndeimwe yemibvunzo yaiuya mupfungwa dzangu panguva yandainge ndigere mutirongo.

Ndakatarisa mudenga ndiine mubvunzo wandainge ndichida kubvunza kuna kuna musiki. Ndaika kuziva kuti arikuwona here kushupika kwandainge ndichiita kudai?

Ndakatadza kuziva kuti ndaizopindurwa here? Ndakatsikitsira zvangu ndokunamata. Semunhu ange asina kana nguva handizivi kuti dzakange dzave nguvai. Kasi kunyarara kwacho kwairatidza kutii nguva dzakange dzayenda. Vanhu vakange vasingachafambi fambi panze. Chero dzimota hadzina kuzoita nguva dzakabva dzanyarara kutinhira mumigwagwa.

Ndakabiwa nehope zvekuti handina kuziva kuti ndarara nguvai? Ndakazomutswa nemhere mhere yakaitika pakavhurwa gonhi remandainge ndiri. Huso hwangu hwakange hwave kurema nehope zvino. Muviri wangu wakange wonzwa kuneta. Uku ndakange ndokosora sezvo ndainge ndabvisiswa shangu pandaka vharirwa paye.

Ndakasimudza musoro ndotarisa panze ndokuwona zuva rakange ratokwira. Kwakange kwotopisa pachokwadi. Ndakatanga kufunga zvangu kuti dai ndiri pamusha ndiyo nguva yataidya bota iyoyi. Richangoti kwirei zuva paye panenge pazunzika dova, nyenze dzotanga kurira. Zvikuru riye rine dovi kana rakaviriswa, kasi ini ndaiwanzo farira rezviyo nekuti rinonaka kupora. Ukanyatsokuridya unonzwa parere moyo nekuzipa kwaro.

"*Simuka iwe huya kuno woda kurara kusvikira masikati here? Unoti uri mumba mako here?*" rakadaro izwi iro rakange rimire mberi kwangu. Rakange riri rechidzimai. Handina kupikisa ndakadzoka kubva kumakore uko kwandaine ndatove mundangariro ndokusimuka ndofamba ndouya kwakange kumire mupurisa uye. Akasvoko kanda njema mumawoko angu ndokunyatso vhura gonhi. Ndakati ndabuda panze ndakadzikandwa dzemakumbo. Idzo dzinorema uye dzinorwadza zvekuti unonzwa marwadzo anosvika pamoyo.

Ndakatanga kuyera misodzi ndowona kuchena kwadzainge dzaita. Chokwadi ndakatenge ndatova musungwa here asina kuudzwa mhaka yaakapara? Chokwadi ndakange ndowona zuva kana vamwari vatendera here? Ndini here Zuva akange atove musungwa nehusiku humwe chete?

Ndakayedza kuti ndiwone kana paive nemhaka yandainge ndapara ndokuishaiwa. Kubasa ndakange ndabva zvakanaka ndikawonekana nevamwe mukufara. Chero zvazvo ndairwara handina chitema chandaipomerwa kana kuvapomera ivo.

Ndakanzi bhande dzvii ndokusindidzirwa kuti nditange kufamba. Misodzi yakange yoti mokoto nematama angu. Yaingove waaa semupfunha mbuya, yainge yoti waa-aa waaa-aa ichidziya semvura iye inoniswa kasvava ichidzika nematama angu yoperera pachipfuva changu.

Kusvinura meso kwandainge ndichiita kwaikonzera kuti nhepo ipinde, kana yapinda yono tokonya tsinga dzinobika misodzi iyo yaibva yaita kupika chaiko. Kuti ndipukute zvairamba sezvo mawoko akange ari kumusana. Chaive chishuwo changu panguva iyi kubata ambuya vangu ndovaudza nezvenjonzi yainge yandiwira iyi.

Ndicho here chikonzera kana kuti ndizvo zvazvaishura kusiiwa naamai ndiine mazuva ekubarwa? Kuti kana ndakura ndogosungwa ndisina mhaka yandapara! Chokwadi denga rainge randifuratira; chandaiziva ndechekuti Mwari haayedzi vanhu asi tino yedzwa newakaipa kuti awone kana takabatira pana Mwari.

Zviye zvinonzi shinga semurume unozviudzwa kana uri panguva yakanaka, panguva yakadai chero mweya waunofema unoita seunovava. Ndakateera kwandainge ndichisundirwa neruoko rwainge rwuri pabhandi ndofamba. Takapinda muhofisi muye mandakambogadzikwa pasi zuro wacho ndokunongedzerwa pekugara. Ndisati ndapfuura tafura rainyorerwa ndakanzwa vanhu vaitaura mberi kwangu. Ndakasimudza musoro nekuti izwi ndainge ndarinzwa ndikariziva. Nzeve dzangu dzaatadza kuzvitenda kuti ndiye munhu wandaiziva. Ndakadzora mufambiro ndichida kuti awone nyatwa yandainge ndapinda mairi. Ndakarova nhanho dzinenge ina ndokusimudza musoro ndocheukwa kwaibva nemazwi aya. Pachokwadi akange ari iye wandainge ndanzwa. Misodzi yakambowoma kwekanguva ikako, ndokubva ndamira ndakatarisana naye.

5

Kusanganidzana kwatakaita maziso kwakaita kuti ndinzwe mufaro mukuru kwazvo. Pachokwadi ndakange ndanzwikwa muteuro wangu. Mwari akange ayita kuda kwake pandiri. Handina kuziva kuti kwaingove kufara zvako kasi chainge chakandimirira ndicho chaive chikuru. Kungonditi baaa-aa ndakanzwa tsamwa yakavharira nzeve dzangu kuita zinxaa-aa-aa riye rinovhundutsa. Ndakada kuwa negotsi ndokuzo zendama nemadziro.

Murungu wangu akayita kuridza tsamwa ndokufuratira ondipira gotsi. Tarisiro yekubuda umu yakabva yatiza mumaziso angu. Wandainge ndati achandi buritsa ndiye akange andipira gotsi.

"*Makaita zvakanaka makandichengetera nekuti hameno kwataimuwanira nhasi. Vamwe vake vabatwa here?*" ndakanzwa murungu wangu obvunza achifamba famba akaisa ruwoko muhomwe uku achitambisa tambisa svombonoro dzemotokari muruwoko rwake.

Ndakanzvenzvera nemadziro ndokugara pasi kwava kugwesha zvangu ndogara muchikona mandainge ndakaita kuduka setsvana inohwanda rutsva.

"*Hatina chatati tawana kasi zviri kunzi motokari yacho yakawanikwa pedyo neMutare zvichida vakasangana naana Matsanga vakapinda kumosikeni anoziva ndiyani. Tichaita basa rekunyatso vatsvaga zvakasimba , musatye tovabata chete.*" *A*adavira mupurisa akange ari paye. Uyo akabuda nemurungu wangu muhofisi, ayiratidza kuve mukuru wepakamba apa nekuti akange achiratidza kutonga chaiko. Mapurisa amwe ese akati ziii paakange achitaura paye. Rima rakati kwidiba nemeso angu, ndakaita sendisina kunyatso kunzwa zvakange zvataurwa zviye. Ndakavhura nzeve kasi handina kuzonyatso kunzwa nekuda kwekuti vaviri ava vakataura vachibuda panze. Ndakarara ndozvibvunza kuti yaive mota yaani yainzi yawoneka? Ivo vacho vainzi pamwe vaakuMozambique ndivanani? Ko vainzi vamwe vangu ndivanani? Vaive vamwe vangu pakuitasei? Ko mukuru wangu uyu akange anyatso itirwa mhaka ipi kusvika pakundiridzira tsamwa yakadero?

Ndakaramba ndongofungisisa zvekuti ndakatadza kana kuziva zvakange zvichiitika. Chaive chishuwo changu ndechekuti pawane mumwe chete anondirangarirawo. Kasi ndaiziva kuti hazvaikwanisika nekuti vepamba pandaigara zuva racho vakange vayenda kuchipatara musha wese. Amai Majoni vakandiwona vakatiza ukuwo murungu akange atobuda pachena kuti akange achiziva kuti ndapindireyi mutirongo. Zvichida ndiye akange akonzera handizivi.

Pakadzoka mukuru uye wemapurisa handina kupawona ndakazongonzwa ndonzi dzvii ndonzi famba. Ndakasimudzwa ndokubvunzwa mibvunzo yekwandainge ndaswera zuro kubva zvandakabva kubasa. Ndakatsanangura mafambiro andainge ndaita kasi hapa akadavira. Ndakatanga kutonzi ndiri kunyepa zvangu. Hapana chinhu chinorwadza sekuti iwe uri kutaura chokwadi munhu waurikuudza ane zvaanenge akatarisira kuti utaure. Kutaura kwaunota kuita kuti ati uri kunyepa chero ukange uchireva chokwadi chakaitasei? Unobva wanzwa seunotsva, woshaiwa kuti saka zvaanoda kunzwa ndezvipi?

Ndakazonzi nditevere umwe wemapurisa akange ari apa sekuraira kwakaita mukuru wavo. Musungwa haana sarudzo ka!

Unenge uchiti pada ndikatevedzera zvangu zvinobva zvaita ndinganzwire tsitsi. Izvo kwaani havana nguva yekufadza muyeni nenzungu dzembewu.

Ndakapinzwa mune rimwe kamuri ndokuvharirwa ndiri ndega, maive nekadima kainhuwhira kurufu. Hana yangu yakatanga kurova zvekuti ndakange ndonzwa seichatsemura chipfuva. Handina kana kufamba nhanho imwe. Ndakangoramba ndakamira panzvimbo imwe sedzukununu.

Ndakazonzwa gonhi rovhurwa menje wemagetsi ndobva wabatidzwa. Mberi kwangu kwaive netafura yaive nechigaro chimwe chete bedzi. Ndakanongedzerwa naziboshwe kuti ndigare pasi. Ndokufamba ndonanga pachigaro chiye. Ndakasviko chitenderera ndoitira kuti ndiwone kugara zvakanaka. Chandisina kuziva ndechekuti mupurisa uye akange adhonza chigaro kare. Ndakasviko rovera pasi nemusana uku ndichitsikirira mawoko akange akasungwa. Ngetani yakaita kunyura munyama yangu kusvika pabhonzo. Ndakaridza mhere kasi haida akadavira. Ndakademba kurambwa kwandakaitwa namai vangu ndichiri kasvava. Ndakasimudzwa ndokugadzikwa pachigaro kanguva kadiki. Ndakazosimudzwa ndokuradzikwa pasi ndakaita manhede, ndokusungwa mbira dzakondo. Makumbo akange akasimuka mudenga uku dumbu richiita kunanzva pasi senyoka.

Ndakatanga kunzwa mboma kurova tsoka dzangu. Yairova mboma ichitsikirira nyama zvekuti ndakanzwa parere moyo. Ndakambochema kasi zvakaramba, hapana kana ayinzwa kuchema kwangu. Pachokwadi ndakawungudza zvisina mukare akambowona.

Ndapedza kurohwa apa ndakasimudzwa ndokugadzikwa pachigaro. Ndakasungi rirwa pachigaro makumbo netambo yandisina kuwona payakabva. Ndakafukidzwa musoro nekachira ndokutanga kudirwa mvura. Varume zuva iri ndakarohwa zvekui ndakasvika pakutadza kuziva kuti ndiri kuita nezveyi? Ndakange ndonzwa mazwi chete kuratidza kuti vanhu vakange vati andeyi zvekunge vatatu vana. Ndakange ndichirohwa uku ndichibvunzwa mibvunzo zvekuti ndakange ndongo deera. Mibvunzo yaiuya iri gumi gumi zvekuti ndakange ndotadza kuziva kuti ndodaira upi?

Mambama akange achirira uku mboma ichisakadza kumeso. Matama angu akarema nekanguva kadiki diki. Muromo ukarembera nekuzviruma kwandainge ndichiita pakurohwa paye. Uku wachitsemuka nekuzvindikitwa. Ndakange ndisinga chanzwi mwarwadzo kana nepaduku pese. Ndakange ndongoti rovai henyu kana maneta mozorora.

Mimwe mibvunzo ndakange ndongo deera kasi ndisingachazivi zvandainge ndichi daira. Ndakazoregedzwa ndokusimudzwa ndakabatiranwa mawoko mativi ese, ndokupinzwa mune rimwe kamuri ndogeza. Handina kana kukwanisa kuzora sipo yakange irimo. Chandakaita kungomira mvura ichichururka kubva mupombi ichirova nhongona. Yaidzika yega nemuviri wanga ndakamira sechigutswa.

Hembe chaidzo dzakange dzodzimbira maronda ayo akange akazara muviri wese. Pane pamwe pandairohwa netambo ndainzwa nyama kubvaruka kasi wekuudza painge pasina. Chaive chishuwo changu kuti ndiwane anondinunura kasi uku kwaive kuchema zvisina ano nyaradza.

6

NDAKAZORORA NDAKAZENDAMA madziro, ndaisa pfakanyika ndichiteerera marwadzo panyama yangu.

Pfungwa dzangu dzakange dzamira kufunga. Hope chaidzo dzaitonetsa kuti dziuye. Ko dzaigouya chirudziyi ini ndaive mumarwadzo akadayi?

Kuti nditsukunuke zvairamba, ndaingoti kuzununguka chete ndonzwa marwadzo seawedzera. Kwakayedza ndichingobwaira semazizi anomuka panorara vazhinji. Mhaka yangu muhupenyu ndakaishaiwa ini. CHAIVE CHISHUWO CHANGU kuziva yandainge ndabatirwa. Rakazobuda zuva ndakanyura mumarwadzo. Kukwira kwakaita zuva kwaive kuwedzera kwemarwadzo. Maronda akange oda kugezwa zvino kasi ayindigeza ndipo painge pasina. Dzave papfumbamwe rungwanani, ndakazonzwa gonhi rovhurwa. Ndakasheedzwa neruoko nemupurisa ayive akamira pamukova. Chokwadi ndini here ndainge ndave muhutapwa hwetirongo nemarwadzo. Ndakayedza kusimuka kasi tsoka dzakaramba kutsika pasi. Ndainzwa marwadzo ayisvika pamoyo chaipo. Tsoka dzayi ita sedzaka tsika tsono inopisa. Apo dzichivava semhiripiri yepadongo remuroyi.

Ndakazvi shingisa kasi ndakanzwa zvichindikurira. Ndokubata pasi nerumwe ruoko uku ndakabata madziro. Ndakasunga kumeso ndokuruma muromo ndosimuka. Marwadzo ndakambo kanganwa. Ndakakwanisa kukotama chete ndokunzwa makumbo opera simba. Ndakayedza kusimba kasi kudedera kwandainge ndoita apa kwainge kwaka nyanya. Ndakange ndichiona madzengerera nekuzvimba kumeso. Ndakada kubata madziro nemaoko ese ndokukonewa ndiye nyonde nemuromo.

Ndakawa kunge saki rawa pamusoro pebhazi, kuyedza kubata pasi zvakaramba. Ndakazvidzimbira mawoko ayo ayinge azvimba kuita matanda. Ndakarovera zvekuto ndakanzwa kuti wii-i musoro wangu woita maungira.

Ndakayedza kumuka zvekare kasi zvakaramba. Ndakange ndoti nechemumoyo urayayi henyu. Ndogodii ini ndaringa guva kudayi? Hapana kwainge kusiri kufa apa! Ndainge ndasara musoro chete setsvimbo yapona rutsva! Hapana painge pasina kuzvimba pandiri musoro kusvika kutsoka.

"Simuka apo iwe Zuva usade kundipedzera nguva yangu nxaaa!" Ndakangonzwa izwi iri richibva nekwaive negonhi ndikaziva kuti mupirisa uye.

Mawungira akawedzera, ndakatanga kunzwa mutsindo uchiuya kwandiri. Handina kuziva kuti zvakafamba sei ndakangonzwa bhutsu yondirikita mudumbu. Ndakanzwa matumbu kunamirana nemusana. Ndakarutsa murutsi andisina kuwona nekuziva kuti akabva nekupi. "Nxaaaa ukitondirutsira mbwaa iwe!" Akaita kukwamatata mupurisa uye. Zvakatevera handina kuzozvinzwa. Ndakange ndonzwira mazwi kure kure. Ndaiyedza kumuka kasi zvairamba. Marwadzo nepfungwa zvainge zvandiwandira.

Ndakazopatika kudzoka kubva kunyika dzimu uko kwandainge ndotevera madzitateguru angu. Ndakayedza kusimudza ruwoko rwekwa ziboshwe, ndokunzwa rwuchiita kurema serwakasenga tsapo yemazhanje mambishi. Rwainge rwuine chiveve chaiita kunyerekedza zvekuti ndakambofunga kuti rwadimburwa. Ndakazofara pandakawona mitezo yangu yakakwana. Chokwadi ndainzwa kurwadziwa. Ndainge ndasonwa sonwa maronda ayive pamuviri. Uku ndakaita kupomberwa maronda ayisungika kuti asarohwe nemhepo.

Ndakanzwa dikita kuyerera nehuma yangu zvekuti ndakada kupukuta. Panguva yandakada kusimudza zidyi ndakanzwa rwuchiramba. Ndokumhanyisa meso ndotarisa kuti chii chayitadzisa ruoko kusimuka? Ndakashama nezvandakaona apa. Ndainge ndakaita kusungirirwa pamubhedha. Hana yangu yakarova pandazviona izvi. ndakaziva kuti nyatwa yainge ichigere kupera! Meso angu ayinge aserera zvaive nani. Mumhino mainge muchipinda neimwe tambo yaifambisa mvura ichipinda mukati-kati. Kuti ndiyibvise handaikwanisa. Ndaka cheuka ndotarisa rimwe divi ndiye dhuma-dhuma nehuso hwambuya vangu. Vainge varere zvavo uku ruoko rwakanzi tsinatire pashaya.

Kuti ndishame muromo ndakanzwa shaya dzangu kuita kuti papata semunhu abva kutsenga mhandire dzabva murufuse. Dzainge dzakawoma zvakandishamisa.

Ndichiri kurwisana nekududza mazwi ndakawona ambuya vachisvinura. Vakanditarisa tichibva tasanga nidzana meso. Vakaita kukwakuka ndokusvetuka vouya kuzondi mbundira.

Ndainzwa marwadzo hangu asi ndakanzwa kufara nekubatwa nambuya vangu. Vakachema neshungu zvekutadza kudura kana izwi rimwe chete. Ndakarwadziwa ndakavatarisa asi kuchema ndakawona kusinga ndibatsiri.

"*Zuva wange wapindwa neyi kuba mari yakawanda kudaro? Chokwadi wofira mujeri here?*" vakazodaro ambuya vachipukuta misodzi. Kungodaro vakabva varutanga zvekare.

Nyaya yandainge ndabatirwa ndakaiziva kasi kuti ndakaipara riinhi ndipo paive nenyaya. Ndainge ndisina kumbopara mhaka yakadero. Ndakayedza kutsanangura kasi zvakaramba. Muromo wakaramba kushama izvi ndokurambira paguro kuro. Mupurisa akabva asvika ndokunditarisa. Paakawona ndamuja akabva asheedza chiremba. Uyo akasvitanga kunditarisa tarisa ondivheneka.

Chaive chishuwo changu apa kudeera mubvunzo wandainge ndabvunzwa naambuya vangu.

7

Ndakawona obvisa chainge chiri muhuro otanga kundi vheneka achitsvaga kuona kuti ndainge ndichifema zvakanaka here? Ndainge ndakawodzvora meso. Ndomusidzwa ndoiswa pamubhedha uye unofamba ndobudiwa neni muye. Ambuya vangu vakateera kasi ndakanopinzwa mune rimwe kamuri ndokuwona vosara vakamira. Moyo wakarwadza kuona ambuya vangu vachinzi vasare. Tave mukati makabatidzwa umwe mwenje wemagetsi wayinge wakati ngweee zvekuti ndakange ndoto tadza kuona nekuda kwawo.

Paive nechivhiti vhiti kumadziro uko kwaiwonekwa nevaive umu. Ndakatarisa pauri ndokuona kuti paibuda zvaive mukati menyama dzangu zvikurusei mabhonzo.Ndaingoinanekusvibira ndobva ndaziva kuti ndiwo pachokwadi. Ndainge ndisati ndambopinda imba iyi pachokwadi.

Kwandiri zvaitondi shamisa uku ndichinzwa kutya nguva imwe chete. Vana mukoti nachiremba vaive umu vairatidza kugadzikana zvekuti ndakangoti nechemumoyo vajaira basa.

Mifananidzo yakatorwa ndokubva ndabaiwa majekiseni akati kuti. Amwe pazvidya amwe pamawoko. Ndaisa rwadziwa netsono nekuti INI pachangu ndaitove marwdzo. Takazobuda muye toyenda kukamuri raive padivi nemandaka mukira ndiri. Umu ndainge ndave ndega zvino. Mupurisa ayive akamira pagonhi, hapana ayitenderwa kupinda kana kubuda zvisina mvumo.

Ambuya vangu panguva yavakazopinda mandainge ndiri ndakanzwa kuzadzwa nemufaro. Ndaka nyemwerera ndikawona vopukuta misodzi. Chokwadi ndakange ndava dzimba pamwoyo chaipo.

Kasi ndaiziva hangu kuti vaivimba neni. Havaimbo ndisiya kana kundipa mhaka pasina humbowo.

Ambuya vaitaura neni kasi shaya dzainge dzichakawoma zvekuti ndaitadza kududza mazwi.

Ndakatsinzinya ndoisa munamato. Ndaida kuziva kuti kwaive kuda kwaMwari here uku kana kuti waive muyedzo wasatani? Ndakanamata dzamara ndabiwa nehope.

Ndakazopatika ndokuwona ambuya vangu vakarara pachigaro vakafuka Chari yavo. Padivi pangu paive nekabati ndakawona paine gaba raive nesvusvuro. Maive nemupunga unedovi nenyama yehuku. Ndaka dzamba pasi kuti ndimuke nditore chikafu. Mbabvu dzangu dzairamba kuti ndinyatsogara uye tsoka dzangu dzairwadza zvikuru. Ndakazendama nemadziro ndoku nhonga gaba riye neruoko rwainge rwusina kusungwa. Nzara yakachitanga kunzwika zvino. Ndainzwa kunge matumbu anamirana nemusana.

Ndaka nyatsovhura chikafu ndokurohwa mhino nekahwema kenyama yaive umu. Ndakanzwa nyoka dzoita kurira.

Shaya dzairamba kuti ndinyatso shama kasi semurume ndakazvishingisa. Ndaka shama ndokumedza chipunu ndosiya mupunga nemuto mumatadza. Chipunu chepiri netatu ndakatanga kunzwa kuti mudumbu hamuchafuri mhepo zvino. Ndainge ndave nani. Neshaya dzainge dzave kuita dzichibvuma kushama zvishoma.

Ndakapedza kudya ndoku senerera mvura yaive patafura ndonwa zvangu. Kaitove kekutanga kudya kubva zvandainge ndapedzisira kudya kumapurisa paye.

Ndakapedza kunwa ndokuzendama zvangu ndotarisa mudenga ndodya mabhonzo epfungwa. Mari yandainzi nambuya ndaba yaive ipi? Ndakayedza kubatanidza ndangariro kasi zvakaramba. Ndakatora nguva ndokuzonzwa ambuya vondibata ruoko.

"*Nhai murambiwa wee wourawa nemapurisa here ndisingazivi. Kuzonzwa zuro chaiye kuti wavanemazuva matatu usinga pfaka nyiki. Waida kufira mukurohwa here? Kudai yaive mari yawaida chokwadi ungabva waisa hupenyu panjonzi here mwana womwana wangu? Inhamoyi yange yakurova nhai Murambiwa wee? Masiiwa wangu wee? Zuva muhupenyu hwangu!*" Ambuya vairatidza kushushikana zvikuru.

Ndakavhura huro ndikanzwa izwi robuda uku shaya dzainge dzoti bvumei kushama zvishoma. Ndakavataurira mufambiro wandakaita zuva randabva kubasa ndichirwara.

"*Ko hino hanzi wakangoti uchibuda matsotsi achibva asara achibvuta mari muhofisi wani?*" vakadaro ambuya vakanditi ndeee mumaziso chaimo.

Nyaya iyi ndaisaiziva ini, mari yacho ndaisaiziva kuti yainge yafamba sei? Ndakabva ndaziva chakaita kuti murungu wangu andiwone sechikorobho chine marutsi zuva riye! Kundipira gotsi kunge musha wakatamwa! Chokwadi ndainge ndapinda tsekwende.

Takataura dzimwe dzeupenyu nambuya vangu. Ndaingo deera zvangu kasi pfungwa dzainge dzisipo. Ndainyatso funga kuti mari yairehwa ndainge ndaitora kupi uye yainge yafamba sei? Ndainge ndichi batanidza zvakaitika zura randarwara kusvika ndasungwa kasi zvairamba kubatana.

Tapedza kutaura ambuya ndakawona kuneta kwaive mumaziso avo. Ndakavati varare zvavo pabenji rainge riripo. Havana kupedza nguva ndakawona vodzipfodora dzehumambo. Ini ndainge ndatove mune rimwe denga.

Ndakatozo vhundutswa nemupurisa akapinda ndokundikwenya patsoka. Akange ayine umwe murume uyo ayinge akabata mapepa. Handina kuda kubvunza kuti ayive ani kunze kwekutarisa chete.

Pave paye ndipo paakazondiudza kuti muchinda uyu raive gweta rainge rauya kuzondinzwa mashoko nepfungwa dzangu. Ndakarudunura nyaya yangu semafambiro andainge ndaita kubva kubasa. Tiri pakati pekutaura nhare mbozha yemupurisa uye yakabva yarira. Akayiburitsa muhomwe ndokudeera. Ndakawona onditi ndeee nemaziso matsvuku ano makuru zvekuti ndakatadza kuziva kuti ayinge anzweyi uye andifungirei? Ziso rake raive nechirevo. Akadududza ndokubuda, haana kumboenda kure ndainzwa zvaakange achitaura kasi kwayi enda nenyaya handina kunzwisisa. Ndaida kunzwa zvaitaurwa kasi muchinda uye ayive umu akange achindi bvunza mibvunzo yainge ichindi tenderedza musoro.

Ambuya vangu vakamuka ndiri pakati pekupindura mibvunzo yainge yakawanda iye.

Havana kutaura vakamuka ndokugara zvavo. Mupurisa uye akavhura gonhi ndokusheedza gweta riye neruoko. Handina kuzobvunzwa umwe mubvunzo, musheedzerwo waakaitwa wairatidza kuti nyaya yakabva kutaurwa panhare mbozha yainge iri huru. Ndakaramba ndakayeva ndokuona gonhi richovharwa.

Hapana akasara achitaura neumwe kwaingove kutarisana sepaitika mashura. Makazopinda Chiremba akabata bepa raive mumawomo ake. Akandi vheneka zvishoma ndokundibvunza mibvunzo mishoma nene achibva abuda.

Akaraira kuti ambuya vachinogara havo panze sezvo ndainge ndave nani. Havana kuramba vakaita zvakarehwa, ndokubuda vosiya ini nachiremba tiri vaviri.

"*Vakuru mangwana makafanira kubuda ndinoona mapora kare. Makasimba zvechokwadi ari umwe dai tataura zvimwe!*" Akadero achibva aseka. Ndakasekawo zvangu kasi moyo wangu wairwadza ndofunga muchizarira. Apa ndainge ndombo furwa nemhepo uye umu maive nemweya wakanaka wekufema. Chero zvazvo wainhuwa mapiritsi. Chiremba achibuda amai m

Majoni vakabva vapinda vakadungamidzana neumwe mukadzi. Ndakamuka ndokunyatso gara, munhu akange apinda namai Majoni akandirovesa nehana. Ndakaramba ndakayeva, mazwi akaramba kubuda.

8

Mai Majoni vakaramba vakanditarisa. Shure kwavo kwakapinda murungu wangu wekubasa nemudzimai wake. Vakasvikomirawo ndokuramba vakanditarisa, hapana akashama muromo. Ambuya vangu vakakanuka zvakandishamisa. Vakabata muromo ndokutanga kusvimha misodzi. *"Nhai Mwari madii kundipinza munyatwa yakadai? Chokwadi mandidzimbira maronda"* vakadero ambuya vachisimuka. Kwava kufamba vakananga kwaive negonhi. Chari yavainge vakasunga yakadonha ndokubva vamira. Vakaridza tsamwa ndokukotama vachiinhonga. Vakakotoroka ndokufambisa vachibuda mataive tiri. Takasara tiri vatatu mukamuri muye. Makamboita runyararo kwekanguva pasina ataura.

Ndakasimudza musoro ndokutarisa ruoko rwangu rwainge rwakasungirirwa. Chokwadi ndainge ndakato bopererwa ka apa. Ndakaridza tsamwa nechemumoyo, vanhu vandainge ndiinavo mukamuri umu ndivo vainge vandiita kuti ndive musungwa. Mweya wekuregerera chaiwo ndainge ndisina panguva iyi. Chandaida apa kubviswa ngetani. Kunzi mbavha ndivo ka vainge vandisungisa. Nenguva iyoyo ndakatanga kudemba chandainge ndapindira basa pakambani yavo.

Ndichiri kufunga kudero makapinda mupurisa. Akasviko kwazisa vaviri vaye ndokuuya kwandainge ndiri. "Hesi shamwari waakunzwa sei nhasi? Wange wafa ka iwe chokwadi ungade kusiya sadza nemunakiro warinoita?" Akataura achiseka zvake. Kasi chokwadi ndainge ndadzoka kumarinda nekuda kweshamhu! Chero kuti ndiseke zvaitonetsa. Ndainge ndisinga wone chaisekesa.

Marikiti akabviswa zvinova zvakandifadza zvikuru. Mubvunzo wandakave nawo ndewekuti Ko ambuya vainge vabuda muchipatara vachindisiya kwaingu kwakanaka here? Ndakanzwa ruoko rwangu kureruka kekutanga ndokurwu twasanudza ndorwucherechedza . Rwainge rwato chekeka mutaro uyo waitaridza kuti apa ndipo painge pafamba nekugara marikiti. Zvisinei ndakange ndokwanisa kuita zvandaiwona zvakakodzera panguva iyoyo.

Mupurisa uye wekundisunungura akaramba akandiyeva ndichitwasura ruoko rwangu. Ndakashaiwa kuti ndotenda here kusunungurwa uku kana kuti ndobata ayinge andisungisa sezvo ayive mberi kwangu?

Ndakaburutsa makumbo ndokudzika pamubhedha.

Ndakamira ndachitsika pasi netsoka dzangu. Dzakange dzichirwadza uku dzakazvimba zvishoma. Dzainge dzorwadza zvaive nani chero zvazvo dzaibvuma kutsika pasi. Ndayi ita kudedera mumabvi makumbo achiita kupera simba.

Ndakazendama nemubhedha ndokutwasanudza ruoko ndokwazisa mupurisa uye.

"*Thank you boss you just freed my hand!*" ndakamutenda.

"*Its OK forgive my boys for overeacting and for the pain we caused you*" akadavira akatsikitsira. Ndakasimidza huso ndokutanga kufamba ndakananga murungu wangu nemudzimai wake.

Kupindura mupurisa uyu ndakawona kuri kupedza nguva chaiko. Paakawona ndofamba akabva amira seamera midzi akanditarisa. Murungu wangu akatsikitsira zvekunge kiti yabatikidzwa ichiba mutuvi. Ndakamira nhanho mbiri kubva paari.

Mudzimai wake ndiye akafamba ave kuswedera pandainge ndiri. "*Sorry we put you through hell. We discoveed you had nothing to do with the robbery yakaitika musi wawapedzisira kuuya pabasa. The guys vakazviita are now behind bars. You just a suspect.*" Akatamba nudza ruoko ondibata. Ndakamukwazisa ndokumutarisa mumaziso. Mashoko ekumupindura ndakamashaiwa. Ndakangokwanisa kugutsururira seduruwuru riri mumvura. Kana zviye zvinoita dzvombi.

Adzimai vemurungu vakafamba vondikwazisa. Ndakavakwazisa, handina mhaka yandaivaka nekuti pakaitika nyaya vainge vasipo.

"*Zuva I'm sorry dia!*" Vachiri kutaura gonhi rakavhurwa ambuya vangu vachibva vapinda. Vainge vakadungamidzana neumwe murume. Handina kuda kuvatarusa kwenguva refu sezvo ndaimhanyira kunzwa zvaibva mumuromo wemunhu ayive mberi kwangu.

"*We will pay for the damages and loss of time, we will give you your job back thats if you still want to work with us!*" Nguva yese yavaitaura ndainge ndakateya nzeve hangu. Chokwadi vamwe vamwe havakoshese chinhu kunze kwemari. Kudai asiri Mwari ndakafa ka ini, munhu oti "*will pay for the time lost*" Aizokwanisa here kundi dzosera kurohwa nemifananidzo yainge yaiswa muhupemyu hwangu? Ndakazvitarisa ndaitowona kuti ndaigona kufa ndichine ndangariro dzenyaya yekurohwa kwangu.

Izvi zvaitozo konzeresa kuti ndigare ndichivhunduka misi yose. Handaizo rarama hupenyu hwakati tsvikiti.

"I think it will have to go through lawyers nyaya yecompensatiion. I would love to see those who tortured me going through what I went through. Maybe ndingazonzwa zviri nani!"

Ndakataura ndisina kana zino raibuda. Ndakawona mukadzi mukuru achicheneruka kumeso. Murume wake ayitoziva kuti ndikareva chinhu kudzoka kwangu shure zvaitoda munana chaiwo.

Ambuya vangu vakafamba ndomusviko mira vave pedyo neni asi kanhambo zvishoma.

"*Aaag Timmy urisei ko kwakanaka here you came without kundiudza so?*" ndakanzwa murungu wangu obvunza. Baba vangu nyakubereka vainzi Timmy. Kunzwa zita ravo kwakaita kuti ndisimudze huso nditarise kwainge kwabva nezwi.

Ambuya vangu ndivo vakatanga kupinda mumaziso angu. Vainge vachifara zvaitoratidza kuti paive nenyaya.

"*Ndauya nhasi, ndanzwa momz vachiti mwana wangu asungwa so I had to rush! Vafona vachiti vari muhospital so ndatoti regai mdimhanye kuno ndiwone kuti what's wrong And you ukuitei muno nhai Sahwira, une murwere wawauya kuzoona here?*" Iri izwi iri rakapinda munzeve dzangu rozadzisa zvandainge ndichifungira. Ndakanyatso tarisa ndokuwona vari baba vangu.

Ndainge ndave nemakore ndisati ndavawona zvekuti ndakaita sendicha svetuka kunova mbundira. Meso avo neangu akabva ati dhumha dhumha. Shasha yaka nyemwerera zvekuti ndakawona muromo uchinge uchasvika kugotsi.

"*Baba*!" ndakaita kudeedzera chaiko. Dai tsoka dzaive dzisina kukuvara ndaka kwakuka semhembwe. Chakandibata maronda pasi petsoka.

Baba vangu vakafambisa vouya pandainge ndiri vozondimbundira. Misodzi yakatanga kuchururuka nematama angu. Chokwadi ndainge ndafa baba vasingazivi here? Mwari uyu ka mukuru hama dzangu! Kusangana nababa vangu chakava chinhu chikuru kwazvo pahupenyu hwangu. Ndaisa fungira kuti vangasvike ndiri panguva yakaoma kudero.

Takatora kanguva tese tichichema. Handizivi kuti msodzi yacho yainge yabva nekupi? Ndakanzwa kupfikura kwainge kwoita munhu wese mukamuri iri, ndikaziva kuti painge pabatwa moyo yevakawanda nechiitiko ichi.

Ndakazoregedza baba vangu ndikawona haikona kutaura ambuya vainge vakaita kugara pabhenji raivemo vachichema. Ndakananaira ndoswedera pavainge vari. Ndakasviko vabata pafudzi ndikawona voputika neshungu, asi kutoridza mhere kani? Mupurisa uye ayinge akandichengeta akapinda ndokumira achiwona hake zvainge zvichiitika. Paakawona ndamutarisa akadzungudza musoro.

"*Sonny you didn't deserve to be in a situation like that well I can tell by this moment"* Ndakanzwa mupurisa uye odaro. Baba vangu vakaswedera pedyo neni ndokisviko pfugama pamberi pamai vavo.

"*I don't know my boy was going through hell who did this to you sonny? He must pay for sure!"* vakadero vachirova rova pasi nechibhakera. Ambuya vakanongedza kwaive kumira murungu. Ipapo mudzimai wake ayinge achifamba oswedera painge pakamira murume wake.

"*What you mean my friend did this to my son? No Mom no!!!"* Vakataura mashoko aya baba vachisimuka.

Vakatarisana neshasha mbiri idzi ndikawona vochinja kumeso! "*Grace its you All my God how did you?"* Vakatadza kana kududza mashoko chaiwo vakangoramba vakanongedza kwaive nevaviri ava.

Baba vangu vaiita kudedera vakatarisa vaviri ava. Kukura kwangu ndainge ndichingonzwa kuti Grace ndiro raive zita ramai vangu. "*Sahwi that's my wife who abandoned my only child ayine less than .... ohh my word this can't be. Grace you left me and wakanoroorwa nasahwira wangu? Why was it to get back at me or? Jesus I can't believe this."* Baba vakataura mashoko aya ndikanzwa nzeve dzangu dzaakurira. Ndakaita sendatove matsi panguva iyi. Mashoko avaitaura akandiremera.

Ndozvainge zvakonzera kuti ambuya vangu vabude vachichema pakapinda murungu wangu paye!

Zvinhu zvese zvakatanga kuitika nekukasika! Ndaka zunza musoro sebhuru radirwa doro ndichiedza kudziura nzeve dzainge dzadziirira.

Shamwari yababa vangu yandaiziva yainge iri yavainge vachiita nayo mabhizinisi. Grace Ndaiziva vari amai vangu!

Ndakaedza kubatanidza nhau iyi kuti zvaifamba sei kasi zvairamba kubatana. Zvakaramba kupinda mundangariro dzangu. Kuti ndibvume kuti Grace ndiye ayive amai vangu zvakaramba. Ndakaramba kutizvitenda zvainge zvichiitika apa. Ambuya vangu vakasimuka ndoku famba vovinga Grace vakatanga kumurova nezvibhakera vachibongomora mhere. "*Wakandisiira kasvava aka Grace, haudaro iwe wandirwadzisa chokwadi hwiii hwiii*" Ambuya vairova Grace uku vachichema. *Magumo*

ZVIMWE ZVINYORWA

PANASHE

DZUDZO

About the Author

Tanaka Mupamhanga is self publisher and self motivated author. He writes action adventure novels. Movie scripts and a song wrotery. He is a Pastor. Loves to inspire mad edutain his audience as he writes and communicates with them.

www.ingramcontent.com/pod-product-compliance
Lightning Source LLC
LaVergne TN
LVHW010457160826
845677LV00012B/2526
* 9 7 9 8 2 2 4 1 6 7 1 0 4 *